JN306540

A

小指の先の天使

神林長平

早川書房

5816

壜をたたき割れ
世界を開くとき
幽霊は消え去る

目次

小指の先の天使

抱いて熱く

　ぼくはマグナム壜に一匹の鮒を飼っている。容積二リットル以上の大きな酒壜の小さな口から入れられたその鮒は、いまでは大きくなって、もはや壜の口からは絶対に逃げられない。

　かわいそうだって？　とんでもない。こいつは外に出たら死んでしまう。どうして壜の口の大きさなど気にするものか。気にするとしたらそんなことじゃなく、どんどん小さくなってゆく自分の世界のことだろう。成長するにつれて、マグナム壜は小さくなってゆく。生きる空間が縮んでゆくというのは脅威に違いない。そのうちに身動きできなくなるかもしれない。

　壜いっぱいの鮒が完成したら『鮒の壜詰め』のレッテルを貼って売りに行こう。たぶんいい稼ぎになるだろう。壜をたたき割り、まだ生きているそれをまな板にのせて料理すればいい。新鮮じゃないか。

「残酷なことを考えてるのねえ」と桂子が言う。「かわいそうじゃない」

「そんな壜詰めなんかできるものか。泳げなくなるほど大きくなったら、酸素不足で死んじまうさ」

「できても……だれも買わないよ、きっと。ホルマリンに浸けた標本みたいだもの。見たこと、あるでしょう」

「ああ。遠い昔。薄暗い理科室だ。どういうわけか夕陽や夕焼けのイメージと結びついて思い出される。今はもう遠い」

「遠いだなんて。まだ十八じゃないの」

桂子はまだ十七だ。

ぼくらは手を差し伸べあう。ピリッとした感触。あわてて手を引っ込める。悲しい目で桂子はぼくを見る。ぼくもさ。

「ねえ、いつになったら嵐はおさまるの？」

「わからないよ。でもいつか。きっと」

そしたら桂子を抱きしめられる。その日が来ることをぼくらは信じている。

桂子は頬づえをついてマグナム壜をながめる。

「餌をやらなくちゃね」

「水も換えてやりたいんだけどな。それより、ぼくらの餌が先だろう。探しに出かけよう」

桂子はこっくりとうなずく。そして、酒壜をつんつんと突く。

「このプチはあたしが持とうか」

「いや、重いから」

ぼくはズックの袋をぱんとはたいて、埃をはらう。

桂子はマグナム壜から離れる。鮒のプチは無表情にぼくを見る。こちらが見えているんだろうか。

大きな袋にマグナム壜を入れ、左肩にかつぐ。水が、ちゃぽんと背で揺れる。いい気持ちだ。

桂子は身の回り品を大きなキスリングと中くらいの洗濯袋につめ込み、出かける仕度をした。

ぼくはキスリングを右肩にかける。

「さあ、行こうか」

半地下室の天井に近い窓から、だいぶ高くなった朝日が差し込んでいる。

床の空缶を蹴る。昨日の夕食の跡。突然桂子が明るく笑う。

「なにがおかしい」

「ふっとね、自分の姿を想像したの。この格好って、サンタクロースみたいじゃない」

白い、ふくらんだ布袋をかついでいる桂子は、なんだか大黒天のようだけど、やっぱりサンタかな。

桂子には、もちろんヒゲはないが、髪は銀色だ。それに真っ赤なワンピース。

「なにをプレゼントしようか、ミテン」

たぶん、親がつけてくれた名前だ。よくわからない。でも字は知ってる。水天と書いて、ミテンと読む。これがぼくの名前なんだ。

「……燃えない身体が欲しい」

ぼくがそう言うと、桂子は表情を曇らせて目を伏せる。そして泣き出す。

「あたしだって」

「ごめんよ。いつか天が願いをかなえてくれるよ。……先に行くから、遅れないようについてくるんだ。さあ、笑って」

ぼくらは一夜世話になったねぐらを出る。

地上は大きな街だ。ビルの谷間から仰ぐ空は、まるで舞台装置の背景のように迫力のない表情をしている。朝日のあたるビルは輝いてはいない。ガラスが一枚もないんだ。黒くぽっかりとあいた窓窓がぼくらを見下ろしている。

「ねえ、ミテン、この街、人がいると思う？」

「わからないよ」

道路は、衝突してぶっ壊れた車のオンパレード。

「でも食料はあるんじゃないかな。たくさんあったら、しばらくここに落ち着こうじゃないか。そのうち嵐もやむかもしれないし」

「あまり長居してると身体が砂袋になっちゃうかもしれないわよ。見てよ、あっち」

立ち止まって、桂子の指さすほうを見やる。ほんと。南へ抜ける道が砂丘の下に消えている。ビルが砂防林の役目をしてなかったら、この辺はもうすっかり砂漠になっていただろうな。

「これ、デパートみたいよ。入ってみない」

「そうだな。地下の食料庫へ行ってみようか」

「やだ、じみてる。上よ、対相」

「ジミテルって、どういう意味だ」

ときどき桂子はぼくにわからない言葉をつかう。対相は相対の反対、つまり絶対ってこと。

「生活にくたびれてるのを嘲笑ってるの」

「フムム、それが今イ表現なのか」

「もう、おととイ、になっちまった」

ぼくらはゲラゲラ笑う。

びっくりするじゃないか、笑うのをやめてもまだ笑い声がする。こだまらしい。

桂子はちょっと肩をすくめて親指を立て、行く？　と訊く。もちろん行くさ、上へ。まだジミる年じゃない。

「この街の人たちも嵐が来たとき逃げられずに全滅しちゃったのね。中はほら、こんなにきれいじゃないの」

「そうだな」

ハンディライトの光のなかに、買い手を待っているドレスが浮かびあがる。それから、燃えつきた人人も。塩の柱のようにも見える。桂子は無造作にそれを崩しながら歩いた。人間柱が砕けて床が白砂を敷いたようになる。いやな臭いはしなかった。少少埃っぽいだけだ。

桂子は有頂天になってワンピースを脱ぎ捨て、白い肌をぼくの前にさらした。

「なにを買うつもりだい。なにを探してる」

「サイズA70のブラ」

「A70て、小さいほうか」

「そうね、70はアンダーバストの寸法。Aはトップとアンダーの差が十センチのカップってこと。Bになると十二・五センチ。なんにも知らないのねえ」

「使ったこともないのに、そんなもん知るか」

「そうか。そうよねえ、知ってたらなんだか気持ちわる」

「おれ、自分の買い物をしてくるよ」

「お願いよ、ライトで照らしてて。こわいの」

「頼むよ、桂子、がまんできなくなりそうなんだ……抱きたくなる」

「……ごめん。わるかった」

　ぼくはあとずさる。スポットライトのなかで桂子が小さな胸を赤いワンピースで隠している。いじらしくて、たまらない。

　光を外し、回れ右して、ぼくは駆け出す。見つけたトイレの中でぼくは惨めになる。空しい気分で手洗の栓をひねると、なんと、水が出た。赤茶けているが、大量の水だ。

「おい、プチ、水をたっぷりやるからな」

　台所用品売場で活性炭入り消臭剤を探し、中味の脱臭剤をコーヒードリッパーにあけ、水道の蛇口のところまで持っていき、コーヒーならぬ飲料水をつくる。

　ぼくは小型の太陽熱エンジン付空気中水分凝縮機をキスリングの中に入れて持っていたけど、あんまり効率はよくなかった。あふれるほどの水があるなんて奇跡を見ているようだ。

　マグナム壜を傾けて汚れた水を流し、新しい水を入れてやる。

　プチは甕からは出られないが、まださほど窮屈そうではなかった。ライトの光に鱗がきらきら輝く。水流に逆らってひれを必死に動かしている様子はけなげで、なんだか涙が出そうになる。以前は魚のような下等な生き物なんか、飼っても慰めにはならないだろうと思っていたというのに。

「おい」

　プチに呼びかける。

「そこがおまえの生きられる唯一の世界だ。それでも出たいか？」

　もちろん、プチは返事はしない。だけど、もし口がきけたらこう言ったろう。

「それがどうした。おまえたちも似たようなものではないか。偉そうなことを言うな」

　プチの世話をしたあとで、ビニールプールを探し出し、桂子を呼び、ぼくらは水浴びをする。

　貴金属売場でぼくらは王と妃になる。しかし十指にリング、両腕にブレスレット、首に何重ものネックレスという桂子の姿は、まるで小さな女の子が化粧したように滑稽だ。

「返そう。とても買ってやれないよ、そんなには」

「あら、だれもいないわよ、代金を受取る人」

「よけいな輝きは目ざわりで邪魔だよ。ぼくは桂子の顔だけを見ていたい」

しぶしぶ桂子はアクセサリーを外す。だが左薬指の、小ダイヤが五個一文字に並んだ指輪だけは外さなかった。その手を上げ、首を傾けてぼくを見る。ぼくが無言でうなずくと、桂子はにっこりと笑う。

楽器売場でギターを選び、チューニングして、アンド・アイ・ラブ・ハーをしんみりと歌ってやる。ギターを荷物に加えて下におり、食料品売場で食料の調達。ワインを飲みながら集めたのでいい気分。あまり豊富ではなかった。だれかが先に持っていったようだ。長居はできなかった。空気がひどくわるい。酸欠でぶったおれなかったのが不思議なほど。

地上に出て太陽の光を浴びると生き返った心地になる。明るいところで桂子の格好をしげしげとながめると、これがなんとも色気がない。Tシャツにオーバーオールのジーンズ、だぶだぶのアーミージャケットをはおっている。

「どーお」と桂子。

「うん、いいよ。ダイナミックで」

「荷物をどこかに置いて、街を見て歩かない」

「そうだな」と周りを見回し、筋向かいの道路に止めてあるオートバイを発見する。「あれはロメオゼブラのサンパンだ。まさか、生きちゃいないだろうな」

桂子と荷物とプチをおき、ギターだけを背にかけて、ぼくはRZに駆け寄る。焼けただれた自動車の残骸だらけの光景の中のそれは、ほんとに新品同様、一発で始動できるかのように見えた。

近より、燃料コックを探る。開いている。これじゃあガスは一滴も残っちゃいないだろう。キーはついているが、燃料がないのではなしにならない。ガソリンは街に残っているかなと思いつつ、始動の真似をやってみる。真似じゃない、エンジンがスタートする。心臓にカンフルを打たれた感じ。

ワォ、グレイト。高加速感にしびれ、音に酔い、車の死骸をかわし、直線をぶっとばす。この快感、桂子にも感じさせてやりたい。なにもかもぶっちぎれる痛快さ。でも、後ろに乗せてはやれない、なにしろ、ぼくらは手も握り合えないんだ。

まてよ。燃料コックが開きっぱなしでガス欠になってないってことは、開かれてさほど時間が——このマシンの持ち主はすぐ近くにいたんだ。それに気がつかないなんて。

RZを急ターン、もどる。例のデパート近くで、こちらに駆けてくる桂子と会った。急ブレーキング。路面の砂で横滑り。慌てていたので立て直せず、こける。マシンを押し出すようにして放し、立って埃をはらう。横倒しになったマシンは滑っていき街路樹にぶつかって止まる。

「どうした、おケイ。だれかに襲われたのか」

五メートルほど離れたところで桂子は立ち止まり、肩で大きく息をしながら、ぼくをとがめるような目でにらむ。

「やだやだやだ、あたし」

桂子は地面に膝をつき、身を折って、自分の肩を抱いた。寒い、とでもいうように。

「あたし、ミテンに捨てられたのかと思った。お願い、なんでも言うことをきくから、おいてかないで」

そのまま桂子は子供のように泣き出す。

「すまない」

気持ちは痛いほどわかる。ひとりぼっちの心細さ、悲しさは。

「どこにも行かないよ。桂子をひとりにはしないから」

なにもしてやれない。涙をふいてやることも、なんにも。身体を触れ合うと燃えてしまう。この街の人人のように。人口が密集している場所では、直接触れ合わなくても、二メートルくらいに近づいただけで肉体が火を噴いた。

嵐のせいだ。嵐の正体は理解できないまま、だれもがそう言った。嵐ならいつかおさまるんじゃないかとぼくは思ってる。でも、よくわからない。もし永遠につづくとしたら、死ぬまで桂子にキスひとつできないってことになる。

ぼくは慰めの言葉もみつけられず、無言で突っ立っていた。桂子はやがてまっ赤に泣きはらした顔をあげて、泣き笑いのような表情をつくった。

「いい子だ。あんまり泣くと水分がなくなってしまうぜ。もったいない」

「いじわる」

「ギター、壊れちまったよ」

「また買えばいいじゃない。つけで」

「そのうち請求書がくるかもしれないな」

「住所不定だもの。そんなの届かないわよ」

ぼくらは荷物とプチのところにもどる。あ、と桂子が小さな声をあげる。

「だれかいる」

一人の男がぼくらの所帯道具の前にうずくまっていた。

「なにをしてる」

男から三メートルほど離れたところで、ぼくは声をかけた。自殺的にとびかかってくる狂人がいるからこれ以上は近づけない。

「え。ああ。これ、きみのかい」

男は振り向いた。中年の、紳士然とした、インテリ風、上品なかんじの、男だった。プチを見ていたらしかった。

「そうです。あの、アールズィの持ち主はあなたでしたか」

倒れているRZ350を指すと、男はうなずいた。

「どうも。すみません。持ってきます」

「いいんだ。あの古典的なオートバイの実力を発揮できる道はいまやどこにもない。もともとわたしのではないんだ。——二人だけなのかね」

「ええ」

「そうか。妹さん？　恋人？　それとも奥さまかな」

「それをみんな混ぜたような存在」

「フム。わかるよ。若いな。うらやましい。気の毒でもある」

「同情してもらわなくても——なんの音だ？」

　どこからか爆音が聞こえる。接近してくる。

「わたしの恋人だ。待ちきれなくなって、バギーで捜しにきたらしい」

「妾、愛人、二号？」

「昔風の言い方だな。恋人、と言ったろう。実は飼っていた猫が死んでね、精神状態が不安定だ。この辺を探せばネズミくらいは捕まえられると思ったんだが。だめだな。捕まえたところでネズミでは彼女の気には入らんだろう。……疲れたよ。年だな」

　黄色のサンドバギーが近づいてきて、ギャンと一発けたたましく空ぶかし、止まる。降りた女はすごい、セクシー。アイシャドーが印象的だ。それともアイシャドーなんかじゃなく、生理的な隈かな。それにしても美人だ。

その女はぼくの足元をじっと見つめて、ありがとう、と言う。

「とてもかわいい金魚じゃないの。見つけてくれたのね、わたしのために」

男は立ち上がり、困った顔をする。

「……だめだろうね、譲ってくれと言っても」

「そんなに欲しかったのなら、ぼくらがいないうちに持っていけばよかったのに」

「そんなことはできん」

「なら、あきらめてください。プチはぼくらのペットなんだ。力ずくで盗るかい？」

「きみらのペットを盗んだりはしない。しかし悲しいな、人間どうしが触れ合えないというのは。他の動物に触ってもなんともないというのにな。残酷な嵐ではないか」

女は、ぼくらの話から事情を察したらしかった。深いため息をつき、帰りましょうと男に言った。

「もう、いいのよ、あなた。もう。少し散歩しない？　昔のように」

「昔のようにか」男はほほえむ。「いいね。——ではきみ、迷惑をかけてすまなかった。かわいい奥さまによろしく。元気でな」

恋人たちはバギーには乗らず、肩と肩が触れ合うほどくっついて、歩き去った。

「大丈夫だよ」桂子を手招きする。「怖くなんかなかったろう。いい人たちだ」

桂子はぼくを見ていなかった。大きく目を見開き、そして口に手をやる。悲鳴をこらえようとするように。こらえきれず、叫ぶ。

「やめて」

ぼくは振り返った。なにも恐ろしい光景はなかった。ただ、遠く、しあわせそうな恋人たちが抱き合おうとしている甘いシーンが……ぼくは止めようと走り出す。

まにあわなかった。しかし駆けつけたところで、いったいぼくになにができたろう。

恋人たちは抱き合い、唇を重ねた。その瞬間、二人は虹のように色を変える炎に包まれる。普通の火ではなかった。熱くはない。少なくとも、彼らが身につけた服より離れた周囲には目に見えた影響はおよばさない。冷たい炎だった。妖しい冷光だ。オーロラのようにも見える。ぼくはオーロラを見たことはなかったが。

ぼう然と見つめるうちに炎の輝きは薄れていき、あとには、抱擁しあう恋人たちの白い姿が、まるで彫像のように静かに立っているだけ。ほんの数秒だ。恋人像はすぐに崩れはじめ、見ているまに蟻塚のような形になった。屋内とは違って、野外ではその塩の柱のような姿もじきに風に吹かれて消えてしまうだろう。

「……どうして」ぼくはつぶやく、「なんでだよ。プチをやらなかったからか？」

「ミテンのせいじゃないわ」桂子はしっかりした声で言った。「だれのせいでもないよ、うん、これでよかったんだと思う」

「どうしてだ。死んだらなんにもならないじゃないか」

「同情してもらおうとは思ってないわ、きっと。二人は楽しそうだったじゃない」

「……そうだな。ほんとに、しあわせそうだった」

ぼくは恋人たちだったそれに近づき、その灰をひとつまみつまんでプチのところへ持っていき、入れてやる。プチは無関心に泳ぎつづける。

「だけどぼくは、こんな姿にはなりたくない」


比較的きれいな高層アパートを見つけた。二階の一室を掃除して、しばらくこの街に落ち着くことにした。

ぼくはめぼしい食品をせっせとスイートホームに運び込んだ。桂子は遊ぶのに夢中だった。ブティックなどに入ると桂子は生きた着せ替え人形になった。

刹那的な生き方だったが、不幸だとは思わなかった。ぼくらは道路にボウリングのピンを並べてプレーしたし、可搬発電機が手に入ってからはビデオやオーディオ装置も使って楽しむこともできるようになった。ガラクタの再生はお手のものだ。慣れてる。だが食料は再生も生産もできなかった。その事実が、街での生活に虚しさをおぼえさせる原因となるのだ。こんなことをしていていいのだろうか、こんな生き方は本当ではない、土地を見つけて耕さなくてはいけないんじゃないか、と。しかしせっかくいいところに来たのだから遊ぶだけ遊んでやれという気持ちのほうが強かった。桂子はもとよりその気だった。

ビデオ映画は大量にあった。夜、ぼくらはそれを楽しんだ。怪奇物がとくによかった。ポルノチックなものもけっこう興奮しながら見た。が、だめなやつもあった。甘く悲しいラブストーリィ。恋人たちが引き裂かれ、別れてゆく場面は美しく、とても切ない。そんな映画の一本を見ていたとき、とうとう桂子はワインのボトルをブラウン管に投げつけ——いまにやるのではないかと思っていたが、やっぱり——ぶっ壊してしまった。それからというもの二度とぼくらはビデオには手を触れなかった。

ギンギンのヘビーメタルで中耳炎になりそうになって、これもやめた。

屋上に出てギターを弾くのは飽きなかった。ぼくは覚えている曲を弾き語り、自分の心の旋律をアコースティックな音色であらわした。桂子は、ときに調子をとり、歌い、膝をかかえてじっと聴き入り、そして涙した。

「静かになると風が見える」

見晴らしのいい屋上で桂子が低い声で言う。禁じられた遊びのメロディが黄昏の空に消えてゆく。人気(ひとけ)のないビルが立ち並ぶゴーストタウン。信じられないほどきれいに保存された一角だった。これまで多くの捨てられた都市をさすらってきたけど、こんなに昔のままなのも珍しい。しかしここに居着くことはできない。ここには土がない。農牧の適地を見つけないかぎり、ぼくらは大きくなったエントロピーに飲み込まれて、やがて塵芥となるだろう。

「汝、塵なれば塵に還れ」

「あたしたち、ゴミなの？」

「さあ。少なくとも今はまだ塵じゃない」

周囲は砂漠だ。黒い砂漠、黄色の砂漠、赭(あか)い砂漠、灰色の砂漠。

文明をすりつぶした滓の色だ。海のほうからは大量の本物の砂、砂漠が迫ってきている。

その向こうは海だ。しかし水はない。黒っぽい縞模様の大地が広がっているだけだ。燃える嵐のなか、もうじき五回目の冬がやってくる。この五年のあいだに海がなくなってしまった。海がなくなったから嵐になったのかもしれない。

「ねえ、弾いてよ」

「うん？　ああ。なにがいい？」

桂子と出会って一年以上になるというのに、どんな歌が好きなのかこれまで訊いたことがなかった。これはおどろき。そういえばこんなに静かな気分でギターを弾くのは、嵐が始まって以来、初めてじゃないかな。

「イエスタディはどう」

「そうね、なんでもいいわ。ミテンが弾いてくれるなら、なんでも好きよ」

「うう、歯が浮きそうな台詞」

それでも真面目にリクエストにこたえてやる。弾きおえて、ぼくは桂子を見つめる。

「……考えたんだけど、柱子。国際連合国機構の世話になろうか。いつまでもこんな渡り鳥暮らしはできないだろう」

「国連軍のピースコマンドのいやらしい銃剣に突つかれるのはいや。捕まったら仮死状態にされてロケットに積み込まれて火星行きなんでしょう？」

「火星だかどこだかわからんけどな。とにかく地球から離れれば身体は燃えなくなるという話だ」

「保証はなにもないんでしょう。火星に行きつけるかどうかもわかんない。成功したなんてニュース、聞かないじゃない。それに、仮死から覚めて、もし、もしミテンがいなかったらあたし――」

「どうしてそう思うんだ。いない、と」

「だってミテン、いつも言ってるじゃない。帰りたいと思いながら死ぬのはいやだって」

　ぼくはうなずく。

「そう。死ぬなら地球だ。柱子を抱けないなら、大地にスペルマをぶち込んで死んでやる。だけど……きみには生きていてもらいたいんだ。仮死仮生の状態でも」

「そんなの勝手よ。あたしが嫌いになったの」

「わかってくれよ」

「わからないわ」

「わかった。もう言わないから、機嫌をなおしてくれ」

ぼくはおろおろとギターを抱えなおす。

「死ぬまで生きよう。仮死はごめんだ」

ぼくらは手を伸ばし、人差指どうしをちょっと触れ合う。電撃のようなショック。

「フフン、スリルあるう、いい気持ちじゃん」

「これだけ触れ合ってもちょっと熱いだけだから、この付近には人間はだれもいないんだな。燃え易さは人口密度に比例するんだ」

「なんだか冷えてきたわ。プチに餌もやらなくちゃ。中に入らない？」

「そうだな」ぼくらはビリビリ遊びをしながら階段を下りる。桂子の笑いが心地いい。


街に入って十三日目、ぼくの腕時計が時を刻むのをやめた。五年間ノンストップのやつが。

時計の死はひとつの時代の終わりを象徴しているように思えた。腕から外し、傷だらけの表面をなでる。アナログ時計だ。思い出も多い。ベランダに出て、さよならと別れをつげ、落とす。地上で音もなく破片がとび散り、太陽を反射してきらめく。

「大切なものじゃなかったの？」

「育ての親の形見だ。いやな思い出ばかりさ」

「だっていままでつけていたんじゃない。いけないよ、あたし拾ってくる」

「よせったら」大声に立ちすくむ桂子、「いいんだ。桂子がいればそれでいい。時計なんかいらない」

「……これからあたしたち、どうなるのかしら。ずっとこんな調子で、年だけとっていくの？　時計はなくとも時はすぎるわ」

「南へ行ってみないか。海へ。ずっと行ってみたいと思ってた。あの燃えた恋人たちが暮らしてたらしいマンションをきのう見つけたんだ。四輪駆動のでかいピックアップがあった。荷台にはハードトップがついていてさ、その上に太陽熱ポンプの本格的な水製造機がついているんだ。燃料も、サブタンクにいっぱいある。千や二千は走れるだろう」

「干上がった海底を走るわけか。道なんかないわよ」

「国連軍の難民収容キャンプの跡とか、補給基地跡とか、けっこうあるよ、それを結ぶ道路が。いまじゃ、宇宙港のあるカロリン諸島まで車で行けるよ。燃料と度胸があれば」

「地震でずたずたかもしれないわ。ちょっと前まで大地震の連続だったもの」

「ま、道といってもハイウェイというわけにはいかないよ。どうにか通れるといった程度さ。心配ならいいんだ。ここに落ち着くならそれでもいい。でもいずれ砂漠になってしまうよ。海に近いほうがいい。小さくなったとはいえ、海は海だ。大量の水、生命の素だよ」

「……いいよ、ミテンが行きたいなら、ついていく。いっしょなら怖くない」

「よし決まった。さっそく仕度しよう」


まるで救急車みたいだと桂子が言う、白い地に赤いストライプの入ったピックアップで出発したのは三日後だった。

どのドレスをおいてどれを持ってゆくか桂子が迷っていなければもっと早く出られただろう。燃料節約のために荷物はできるだけ軽くしたかったので、桂子は街中から集めたドレスのほとんどをあきらめざるを得なかった。うらめしい顔をしていたが、しかし口には出さない。

「いいかげんにあきらめろよ。ドレスを売り歩くために出てきたんじゃない。あれを全部積んだら移動ブティックになってるよ」

「病院はどこ。電子ホーンはついてないの」

「救急車に似てるのは縁起が悪いって？　霊柩車よりはましだと思うがな」

全天がうすい黄色だ。天候が崩れてきている。どこか遠くで砂あらしがあったのかもしれない。太陽は緑色で、まぶしくない。緑のアクリル板を丸く切って空に貼り付けたかのようだ。乾いた海底地は硬く、その上を砂が覆い、風に吹かれて縞の紋となり、刻刻と形を変えてゆく。

遠く地平線付近はピンクにかすんでいる。

「わりと平らじゃない」

「陸に近いからだろ。大量の土砂がたまっているんだ。生物の死骸も積り積ってる」

三人掛のベンチシートのまんなかで、プチが泳ぐマグナム壜が揺れる。

影のない世界を南へ向かう。スピードは出せない。平らに見えるものの、地は荒れている。ひび割れ、盛り上がり、穴、しわ。砂が湧いている。泉ならぬ砂泉だ。液体のようにふるまう砂なんか初めて見た。泉ならまだいい。渦をつくって地に落ちてゆく砂地獄がある。そしてクレバス。大地震の傷跡は大きい。そういう障害物は当然、避けて進む。

こんな荒地だから夜はとても走れない。自然がこんなにもすさまじいとは思わなかった。四輪駆動なんか頼りにならない。百輪あっても足りないくらいだった。しかし後悔はしていない。ぼくは口笛を吹いている。楽しそうね、と桂子は言う。疲れた口調で。

「眠そうな顔だな。止めようか」

「うん……もう陸は見えないわ」

「心細いか？　でも大丈夫。絶対に溺れやしないよ」

と言ったとたん、車が溺れた。そんなに急ではない勾配を、気に駆け上がろうとしたのだがスリップし、そのまま後退、どしんとなにかにぶつかり、それっきり砂をまき上げるだけで動かない。

焦るほど砂を掘って沈んでゆく。

「砂の吹きだまりに突っ込んだ。きょうはここまでだな。もう薄暗い」

夜、雨が降った。屋根をたたく雨音で目を覚ましたぼくは、ねぼけた頭で珍しいこともあるものだと思い、ピックアップのヘッドライトを点けた。点かない。外へ出てみようとドアを押したが開かない。そしてようやく、なにが起こっているのかを知る。

「桂子、外に出ろ」

後ろで眠っている桂子を大声で呼ぶ。運転席のぼくの身体は砂に埋められようとしていた。雨じゃない、砂が車ごとぼくらを沈めようとしているんだ。

砂をかき、マグナム壜を助け出す。開きっぱなしの窓から這い出す。プチは無事だった。桂子を呼ぶ。後ろに回る。荷台には屋根はついていたが密閉するドアはなく、開放されている。ドアがついていたら生き埋めだったかもしれない。桂子が出てきて、場違いな笑い声をあげる。

「なによ、これ。半分以上埋まってるじゃない」

「荷物を出そう。車はもうだめだ」

南の空がときおりほの白く光る。雷かもしれない。明るい空を背景に、女性的なやわらかな砂丘の稜線がくっきりと黒く浮かび上がる。その頂から風に吹かれて砂が降ってくるのだ。風は息をつき、方向を変え、そのたびに砂の雨は降ったりやんだりする。しかし確実に車を沈めてゆく。ゆっくりと、ひそやかに。

「難破だ。ぼくのせいだ。早く車を移動させておけばよかった」

桂子はぼくの愚痴は聞いていなかった。目の前の砂丘を登ってゆく。

「わあ」と桂子。「ミテン、あれ、見て」

早く荷物を出さなくてはと焦っていたぼくだったが、その桂子の声にさそわれて、砂上を駆け登る。遠くに光点。

「なんの灯だろう。町かな。こんなところに難民収容キャンプはもう、ないはずだけどな」

「人が住んでいるのはたしかよ。行ってみようよ」

銀色の長い髪を束ねながら桂子は言った。

「まだゴミに還るのは早いんじゃない？」

「そうだな。行こう。まさか取って食われたりはしないだろう」

荷物をまとめて背にかつぎ、もちろんプチも忘れずに持ち、ピックアップを捨てて歩き出す。足が重い。

ずいぶん離れているように見えたが、歩いてみればたいしたことはなかった。

「国連軍キャンプのようだけど」

「いや……ちょっと雰囲気が違う」

たしかに軍の移動キャンプ地のようにも見える。高い鉄塔がそびえ、カマボコ型の建物が並び、その前に広大な平地。滑走路だ。しかし荒れている。

「よく見えないけど……鉄塔に遠距離アンテナや衛星中継アンテナがない。たぶん捨てられた基地に民間人が住みついているんだ。ここで待ってろ。様子をみてくる」

「いや。いっしょに行くよ」

「手をつないで行けないのが残念だな」

ぼくらはいちばん近い灯をめざす。

「こりゃあ、芝生じゃないか」

「玄関ポーチがあるわよ。わあ、なんだかとってもなつかしいかんじ。帰ってきたみたい」

ドアの前に立ち、ノックする。女の声で返事がある。明るい声。ドアが開かれる。桂子が息を飲み、そしてうめくように言う。

「……お母さん」


その女は桂子の母親ではなかった。が、温かくぼくらを入れてくれた。砂をはらったらこっちにいらっしゃいと彼女は言い、食卓で冷たい水をふるまってくれた。

明るく、やさしさに満ちていた。殺伐とした廃墟の中をさすらってきた話をすると、女は、つらかったでしょうね、と言った。

「大変だったわね。でももう大丈夫よ。ここは小さいけれど楽しい村よ。みんな歓迎するわ。もう終わったのよ、あなたたちの苦しい旅は。ほんとによく生きてきたわ」

思いやりのこもった女の言葉に、桂子は涙ぐむ。

「さあ、もう休むといいわ。部屋を用意してあげる」

「すみません……ほんとにいいんですか」

「いいのよ。娘と二人暮らしなの。明日、村のみんなに紹介してあげる」

ぼくらは二段ベッドのある部屋に通された。埃もなく清潔だったが、長いこと使われてない様子だった。

照明のスイッチはここだと女は壁を指し、ほほえみ、おやすみなさいと言ってドアを閉めた。

「どうも様子がおかしい……親切すぎると思わないか？」

ぼくはプチとキスリングを板張りの床におく。

「食われそうなかんじ、しないか」

「ヘンゼルとグレーテルなら」桂子は上のベッドへ上がって、笑う。「あの女は魔女ね」

どことなく怪しい気配がある。桂子は気のせいだと言った。人を疑うのはよくないとも言った。やさしさを受け入れられないのは心がすさんでいるからだ、と。

そうかもしれないと思いながらも、しかしぼくは簡素なベッドの上で、花柄のカーテンの向こうに朝日がのぼるまで、緊張をとくことができなかった。

桂子に起こされた。刺繡入りのブラウス、サラサの巻きスカートの桂子は、別人のようにしとやかに見えた。

「食事の用意ができてるわよ。ハムエッグにトースト、マーマレードにコーヒー」

ベッドをおり、窓の外を見る。砂漠の中の村とは思えない。家の形こそ営舎のように味気ないが、庭には芝、花咲く花壇、白い低い柵。平和なながめだった。

「食事がすんだら村を案内してくれるって、千香さん。あたしもういただいてきた」

「千香さん？　魔女のなまえか」

女主人は三十前後、昨夜とまったく同じ顔で、ぼくにコーヒーをいれてくれた。朝の光で見ても、妖しさがつきまとう。まるで千香というその女の周囲だけが真夜中のような印象。彼女は未亡人で娘が一人。娘は五歳くらいか。まったくしゃべらず、無表情でかわいげがない。なまえは夢。

「自閉症なの、夢」と千香はしかしさほど心配そうな声ではなく娘を紹介した。「でもそのうちに治ると思うわ。ええ、きっと」

そしてほほえむ。紅い唇。ぞくっとくるような。

食事のあと、千香は村長に会わせると言い、娘はほっといて、家を出た。娘の夢は食卓で母を見送るでもなくぼんやりと壁を見つめていた。

桂子は夢を心配したが、千香は大丈夫なのだと言った。

会った村長は、やはり三十前後、しかし言葉つきや物腰からすると五十くらいにも察せられる男だった。黒崎です、と彼は言って、ジョークだろう、手を差し出した。

「そうか。握手はできないのだったな、まだ」

黒崎は笑い、この村に落ち着くつもりなら、働くところがある、見てみるかね、と言った。

「ええ、ぜひ」と桂子。「おねがいします」

ぼくはあいまいにうなずくだけにした。これまで数えきれないほど危ない目に遭ってきたぼくの心のなかで、気を許してはならないという声がするのだ。

見た目にはこれ以上平和な村はないのだが。しかし嵐の吹き荒れる地球で、こんなにおだやかなのはかえって異常な気がする。

黒崎に案内されてぼくらは村を見学した。

おどろいたことに、いや、あたりまえなのだろうが、学校があった。小学生くらいの子供たちが、なんだか難しそうな勉強をしていた。聞くともなしに聞いていると、生命気流とか、ヴィクテイトとか、わけのわからない言葉が教師の口から出てくる。

「ご存知なかったですか」

　学校を出ながら黒崎は言った。

「海がなくなったのは地球外知性体のしわざです。彼らは地球型生命場に干渉して人間の生体エネルギー場に変調を起こさせているのです。地球侵略です」

「初めて聞きましたよ、そんなの」

「おもしろそうな学校ねえ」

　桂子が笑う。集落から出て、砂漠を望む。きらきらと輝く何千枚もの太陽追跡鏡があった。男たちが鏡面を磨いている。発電所だった。そのとなりは農場のようだ。麦らしい植物が風に揺れる。不毛の砂漠のなか、そこだけが青くきわだっていて、まるで恥毛のよう。

「仕事は忙しいですよ。衣食住に必要なほとんどのものがあそこで作られます」

　発電工場の中央、鏡の森の一画に、奇妙な平たい石が並んでいるところがあった。石は白く、一メートルくらいの五角形、表面は平らに磨かれ、文字が刻まれている。墓標のような気がして、黒崎に訊いた。

「これは、お墓ですか」

「安らぎの家ですよ。どうです、すばらしい村でしょう」

「あたし、チョコパフェが食べたい」と桂子。

「ありますよ、なんでもお好みのものが」

「ほんとに？　わあ、ミテン、ここ、いいわ」

「たくさんの人が亡くなったんですね」

墓を見ながら、ぼくは重い疲労感におそわれる。

「これから、もっと増えるだろうな……でも、いつか終わりがくる。子供が生まれないのだから。もし宇宙人の侵略だという話が本当なら、うまいやり方だ。戦わずに、ただ待っていればいいんだものな。人間はもうおしまいだ」

「老人のようなことを。楽しく生きられればそれでいいではありませんか。先のことはわからない。ここには楽しみがある。仲間になればわかりますよ」

具体的にどんな楽しみがあるのか黒崎は言わなかった。発電鏡を磨いたり、自動化された食品工場の床を掃除するのはたいして楽しそうじゃない。

食品工場では奇妙な製品を見た。点滴静注の補液のような、レッテルの貼られたガラス壜がたくさんあった。

これはなにかと訊くと、仲間になればわかると黒崎は笑うだけだった。

全体的に、村の規模のわりには、食品の生産は少ないような気がした。麦畑の広さにしても、豚や鶏の数にしても。売り物ではなく、自給用だから、こんなものなのだと黒崎は説明したのだが。

あちこち案内され、夕方にはすっかり疲れてしまった。桂子は満足そうだった。しかしぼくが抱いていた村に対する違和感は消えるどころかますますつのるばかりだった。

宇宙人説まで聞かされたのだ。なんだか異次元世界に迷い込んだかのようで、いうなれば、この村の人間こそ宇宙人ではないのか、そんな気分だった。

食品工場で夕食をすませて、今夜はどこか迷惑のかからないところで休みたいと言ったのだが、黒崎はそんな気は遣わなくてもいいと、千香の待つ家にぼくらをつれて帰った。

日が暮れて、また夜がくる。真相はわからなかったが、ぼくは自分の勘を信じることにして、荷物をまとめようとした。そんなぼくを桂子は笑って、しまいには怒って、どうしてこんないいところを出ていかなくちゃならないのかとすねる。

「別れるつもりか、桂子」

「本気なの?」

「別れたくない」

「じゃあ、ここに落ち着きましょうよ」

結局、桂子におしきられた。

千香はあいかわらず正体不明の親切さで接してくれた。娘の夢はずっと無表情のままだった。桂子は疲れからすぐに寝入った。ぼくは二段ベッドの下段に腰を下ろし、夜の雰囲気に身を硬くしていた。外の家家からときおり笑い声が風にのって聞こえてくる。楽しそうだった。それがどことなく異様なのだ。

うたたねをしていたらしい。頭が、がっくりとおちるのをあわてて上げたぼくは、妙な静けさのなかに、人の気配を察する。

　桂子の寝息が規則正しく聞こえている。村は寝静まっているようだ。夜の闇が顔にはりついてくるような息苦しさに、ドアを開けて廊下に出る。

　千香の寝室らしい部屋のドアが少し開かれていて、明かりがもれている。音をたてずに近より、のぞき見た。

　そこで、ぼくは見てはならない光景を見た。妖しい笑みを浮かべた千香と、熱いまなざしの黒崎を。

　千香は光沢のあるパープルのナイトウェアを足元におとし、紅い乳頭をしなやかな指の動きで愛撫していた。黒崎が低い声でなにか言った。そして千香を抱きよせて、形のいい乳房の間に顔をうずめた。二人は抱き合ったまま、ダブルベッドに倒れ込む。

　ぼくは悲鳴をあげたくなるのを必死にこらえてあとずさり、桂子の眠る部屋にとって返す。

「桂、おケイ、桂子、起きろ、大変だ」

　むずかる桂子。

「なあに、まだまだ暗いわ」

「千香と黒崎だ。二人が愛し合っているんだ」

「愛してるよ、ミテン。いい夢見てね」

「村の人口を覚えてるか、桂子。黒崎が言ってたろう、二百二十四人だって。昼は偶然だろうと思ってたけど――墓の数と同じなんだよ」

「どういうことよ」

桂子が身を起こす気配。

「静かに。墓の数はもう二つ、増えるぜ。ぼくと、桂子の分だ。この村の人間は……ゾンビだよ。人間じゃないんだ」

「悪い夢を見たのね、ミテン」

「抱き合ってたんだよ。キスしてベッドに――」

「野暮ねえ、のぞき見するなんて……うそ」

「ほんと。彼らは人間じゃない。燃えないんだよ。逃げよう。こんな村はまっぴらだ」

桂子は二段ベッドの上から降りてきて着替えたが、それでも信じられないという顔をしている。

ぼくは桂子にもその目でたしかめさせようと、ドアを開けた。

わ。心臓が一時止まったかと思う。ナイトウェア姿の千香が立っていた。

おぞましさに悲鳴をあげそうになるぼくを、千香はやさしく抱きよせて唇を吸った。

「……ミテン、いや、いやよ、はなれて」

やっとの思いで千香を押し離す。逆らいがたい、しびれるような唇の感触だった。身体を離すと背筋が冷たくなる。

「見たのね？」低い声で千香は言った。「いいのよ。いらっしゃい。さあ。仲間になりましょう」

「あんたたちは……ロボットを使っているな。あなたたちの本体は墓石の下なんだ。墓の中から意志信号でロボットを操っているんだろう。そういうものがあったってことは、聞いたことがある。メカプロパーとか、プロップっていうやつ。よくできてる人形だな」

「メカプロパーよりは高級だよ、水天くん」

「黒崎さん……あの発電センターから制御波が出ているんですね？」

「無線の神経だと思えばいい。まったく違和感はない。きみたちのものも用意してある。愛し合っているのだろう？　燃える身体など捨てたまえ。このほうが自然なんだよ」

「いやだ。ぼくは自分の肉体で外界と触れ合っていたい。あなたたちは……まともじゃない」

「わからない坊やだ。なってみればわかるよ。絶対後悔はしない」

「墓に入ったら最後、この村から出られなくなる。メカプロパーの制御用信号波は遠距離まで飛ばないだろう。この村に縛りつけられるのはごめんだ。金魚鉢のなかの金魚じゃないか」

「他のどこへ行こうというのかね。この荒れた地のどこで生きるというのだ」

「あんたたちは生きているとはいえない。ぼくは、自ら金魚鉢に飛びこむような真似は絶対にしないぞ。広く世界を見るんだ。それで大自然に殺されるなら、そのほうがましだ」

「青くさいことを」

「ほっときなさいよ」と千香は言い、桂子を見た。「あなたは、わかるわね。ちょうど、娘が欲しいと思っていたの。夢の中に入ってくれない？　夢、まだ魂が入ってないのよ」

「あの……夢ちゃんは……機械人形だったのか。まだだれにも操られていないのね」

廊下のほうでざわざわする気配。村人が集まってきているんだ。力ずくでぼくらを墓に入れる気だ。

ぼくは桂子と別れたくはなかった。

「桂子、桂子、愛してる」

「きみに彼女を縛る権利はない」

「それはこっちの台詞だ」

桂子の悲鳴。黒崎に手を取られている。

「助けて、ミテン、別れ別れになるのはいや」

黒崎にとびかかる。桂子を突きとばす。手に燃える熱い衝撃。黒崎の顔面にストレートをたたき込む。素手で喧嘩をするなんて、久しくなかったことだ。

もつれ、床に倒れながら、桂子が窓から出ようとしているのを見る。出たのを見はからって、ぼくはプチを入れたマグナム璗をひっつかむと、窓に体当たり、破片といっしょに外へ飛び出した。

夜の闇のなかに、大勢の人の気配があった。

おいで、おいでをし、いっせいに足を踏み出し、近づいてくる。

桂子が再び悲鳴をあげる。

「走れ、桂子。村から出るんだ」

手を引いてやれないのがもどかしい。

桂子とぼくとプチは、人間が生きながら土中に埋められている奇態な村から逃げ出す。


村人たちは村の外までは追ってこなかった。これなかったのだ。

まるで人形劇の世界だった。人形を操る人間たちは、おそらく墓の中の子宮のような環境で身動きもせず生きているのだ。やがて年をとり、死んでゆく。あとには魂のない機械人形たちが、千香の娘の夢のように、ぼんやりと虚空を見つめている姿が残るだけだろう。それにしてもなんてよくできた人形だったろう。人間と見分けがつかなかった。メカプロパーよりできがいい、というのは本当だ。でも、人形は人形だ、本物の身体じゃない。

「幻の村だったたな」

ぼくらは素足だった。桂子は立ち止まり、トレーナーの袖で額の汗をぬぐった。

夜が明けようとしている。長めのジーンズの裾からのぞく桂子の小さなつま先が荒れた地に傷つけられ、痛痛しい。

「人生は幻だとしても、あんな幻はいやだな」

「足が痛いよ。幻じゃないわ」

「現実は厳しいな。方向がわからなくなっちまった。食料もないし……国連キャンプの跡でも見つけないと、陸まで帰れない」

「怖くないよ。ミテンといっしょだもの」

「泣かせる台詞じゃないか」

酷な太陽がのぼる。泣くこともできなくなる。涙も乾く、灼熱の砂漠が広がっている。周囲は赭く、砂というよりも岩や石ころの散らばった、火星かと思うような世界だ。熱い空気だけはたっぷりあった。空は赤く、太陽はオレンジ色に燃える。緑なら少しは涼しい気分になれるのだが。ぼくらを発狂させたがっているような景色に、めまいを感じる。

北をめざしているつもりだった。陸を。しかし徒歩ではたかがしれている。ミイラになるのは時間の問題だった。しかし、自分がそうなる、などというのはどうしても信じられなかった。

うだるような暑さのなか、桂子をしゃがませて、ぼくは自分の身体で日陰をつくってやる。

あの村へもどるべきかもしれないと、ぼくは真剣に考えはじめる。あのときは気が動転していたのだ、黒崎の言ったことはさほど理不尽じゃない、彼に従えばよかった……少なくとも桂子はおいてくるべきだった。

「ミテン、よく助けてくれたわ」

「死ぬときは、ぼくを恨むだろうな」

「どうなっても恨んだりしないよ。だからおいてかないで。夢の中に入るなんていやだ。あたしはこの身体で、ミテンを感じていたい」

「……桂子」

プチにはわるかったが、ぼくらはそのマグナム壜の水を飲んで渇きをいやした。生臭かった。

熱気は急激に体力を消耗させていく。ぼくはふと幻聴を感ずる。水の音がするのだ。足元から。気がつくと、ぼくはマグナム壜の底で地面をたたいていた。奇跡のように砂が崩れ、ぽっかりと穴があき、水音が大きくなる。

「地下河川が流れているんだ」

ぼくらは狂喜したが、しかし水は得られなかった。地面は硬い岩盤だった。わずかな裂け目から聞こえてくる水音は、遠く、残酷だった。

ぼくは乾いた唇をなめた。それからマグナム壜を振り上げ、岩にたたきつけて割った。

「さよなら、プチ。自由なんだぜ。わかるか？　壜詰めから解放されたんだ」

はねるプチを、岩の裂け目から落とし入れる。ごく狭いクレバスの暗闇にプチは消えていった。

はたして下の水脈が淡水なのかどうか、そもそも水の中に入れたかどうか、わからない。でもプチはとにかく壜から出ていった。広い世界へと。

マグナム壜のかけらに残る水滴を桂子に飲ませて、再び歩き出す。

二日目の昼、もう限界だった。ぼくは立っていられなくなった。うつぶせに倒れる。

「ミテン、ミテン、しっかりして」

「夜……露がおりたろう、水源が近くにあるんじゃないかな。海かもしれない……せめて海で溺れ死にたいな。オン・ザ・ロックの海ならいうことはないんだけど。死ぬなんて、まだピンとこないよ。こんなものなのかな」

砂をかきむしり、すすり泣く。

「ミテン、あたしをおいてかないで」

ぼくは顔を曲げて桂子を見る。眼がかすむ。

「……抱いて、いいよ」小さく桂子は言う、「熱く、抱いて」

「行けよ。あの砂丘の向こうはオアシスかもしれない」

ぼくは身を起こす。風が立ち、桂子の髪がなびく。高空の埃の層が厚くなって太陽を隠し、少し涼しくなる。ぼくらは向かい合う。見つめる桂子の瞳がうるんでくる。

「どうして泣く？」

「しあわせだから」

ぼくは桂子の髪に触れ、そっと肩を抱きよせる。熱い。

「熱いけど……すぐには燃えないのね」

「たぶん……もうじきだよ」

人がほとんどいないから、きっと時間がかかるのだ、そう思いながら、でもぼくは目を閉じたりはしなかった。生きているかぎり五官のすべてで桂子を感じていたい。どこまでもいっしょだ。

ぼくはトレーナーの下の桂子の身体を感じた。一瞬の後には肉体が発火するだろう、その一瞬を惜しんでぼくは桂子を力いっぱい抱きしめた。桂子の身体は見かけよりもずっと豊かでやわらかかった。ぼくは桂子と燃えて灰になる。塵に還るんだ。ぼくらは結局、地球という大きな鉢のなかで動き回っていた金魚だ。

悲しくはなかった。ぼくはプチを見つめていたあの男と恋人が抱きあって炎になった状景を思い出した。悔いはなかった。悔いはなかったけれど知らないうちに頬に熱いものを感じた。涙だ。ぼくはこの最後の水を桂子に飲ませてやりたいと思った。身を離して、桂子の顔を見つめたぼくは、目を疑う。

「見ろよ、桂子の髪」

燃えてはいない。桂子の銀色の髪が、つややかな黒に変わってゆく。信じられない。

「嵐が……弱まっているんだ」

「ほんとに？　やむの？」

やむのか、一時的なものなのか、そんなことは知ったことじゃない。ぼくらは感激のあまり震える。触れ合えるのがこんなに素晴らしいことだなんて。渇きを忘れる。

「生きててよかった」

「プチを放してやったんで、天の恵みかな」

初めてのくちづけ。狂おしく。もう少しいけるかもしれない。先のことなんか知るものか。だれも邪魔しないでくれ。

ぼくは桂子を抱いて熱くなる。

なんと清浄な街

自分の住んでいる惑星の環境ひとつうまく制御できないくせして、他惑星のテラフォーミングなどとはお笑いぐさだ。できるかできないか、という技術の問題ではない。思想が間違っているということだ。もし技術的に可能ならばまず自分の住処の修繕をやるべきであって、しかしそれがうまくいったとしても、他人の空き家を勝手に改造してもいいということにはならない――はい、なにかね、きみ。

「わたしは、先生、複雑にこじれて悪化した環境を浄化していくよりも、無人の他の惑星を一から開発するほうが効率的だ、という考えは正しいと思いますが」

それは単なる工学分野にとどまらない、政策や哲学思想といったものまで含む包括的な経済技術論になるのだが、そう、まさしく当時のそういう技術論を生んだ思想背景について、いま講義しているのだ。

二十世紀後半から二十一世紀半ばの地球を支配したと信じていた人間たちは、自然はすべて自分のために用意されたものだという考えから、やりたいことは何でもやってきたのであり、それが多くの動植物種を絶滅に追いやった。その反省から、たしかに彼らは手を打ってきたのだが、結局はうまくいかなかった。それはなぜかといえば、完全なテラフォーミング技術を持っていなかった、ということではなく、哲理思想の問題なのだ。

自分で住み難くした環境なら、自らの手で元に戻せるはずだ、という考えは身勝手としか言いようがない。自然は人間のために存在するのではないのだ。自然に手を加えることはできるが、その結果は必ずしも人間の思い通りにはいかない。それを認めようとしなかった彼らは、環境の悪化の主原因が自分たちにあると信じるほどに傲慢だった、と言えよう。環境を保護しよう、という考えのなかにもそれがあるのだ。自然にとっては、人間の存在など、さほど脅威ではない。それは事実なのだ。これについては次回からにする。もう時間だ、きょうはこれまで。

学生たちがぱらぱらと出ていく。ぞろぞろと、ではない。哲理学などという地味な学問は人気がないし、わたしは公安警察から危険思想の持ち主として目を付けられていて、学生たちもそれを知っている。利口な若者はわたしのような人間には近づかない。自分も目を付けられたくないからだ。そうした危険をかえりみずにこの講座をとる学生はわずかしかいない。それも出席さえしていれば単位がとれるからであって、内容に関心があるからではないのだ。彼らはときどき、わたしを心底から馬鹿にした質問を放ったりする。講義内容に関心はないが、わたしといういわば負け犬がなぜ教壇に立ち続けるのか、という方面には関心があるのだろう。あるいは意地悪く、わたしを絶望させて、それを楽しみたい、とか。

わたし自身はとっくに教師としての役割を放棄していて、だから学生たちからなにをされようとも、絶望などしやしない。それが彼ら、若者にはわからないので、そういう馬鹿をやる。しかしわたしは、他人の話をちゃんと聞くという態度に対しては、いつでもだれでも尊敬するので、だから出席して静かにしている者には敬意を払って点をくれてやるのだ。馬鹿でも話を聞いているうちに少しは利口になるやもしれぬ、というわたしに残った最後の希望、学生への期待があるとすれば、それだけだ。

先ほどの学生の質問け、しかし、妙に利口ぶった、最近にはない種類のもので、おかしなことがあるものだと思った。その理由を、わたしは、まだ教室を出ていかない人間が一人いて、そいつがどうやら学生ではなく公安当局の回し者らしいと気づいて、おそまきながら悟った。

「嘉見(よしみ)先生、嘉見守教授、ちょっといいですか」

とそいつは、警察バッヂをちらりと示して、わたしに言った。わたしは学生にはまったく関心がないので、講義中に見慣れない顔の人間が紛れ込んでいることを意識しなかったのだ。

「ご相談したいことがありまして」

なるほど、質問をした学生は、こいつの正体を事前に知っていて、自分はこのわたしの言うことなどそのまま鵜呑みにしてはいないのだ、ということを、こいつにアピールしたというわけか。自分は危険思想には染まっていないぞ、と。あの学生はわたしよりも保身術というものを身につけているということだろう。

「きみは公安の者か」わたしは自分の部屋に向かいながら、訊く。「わたしの講義に関心があるようだな。しかし大学側はいつからこんなことを許すようになったのだ。無許可で入ってきたのではあるまい」

「あなたは百年たっても同じことを言うのでしょうね」とそいつは歩きながら言った。

「自分は公安からマークされている、と。それがあなたの生き甲斐というわけだ」

「なにが言いたいのだ」

「あなたが公安警察に捕まることは、まずない。それをあなたは知っている。代わり映えのしない毎日に、あなたは倦んでいる。自分は危険思想の持ち主としてマークされているという思いこみがなければ、退屈でやっていられないだろう、ということです。なにせ、われわれはいわば不死ですから。退屈がきわまったら、どうです、試しに死んでみませんか」

「用件を聞こう」

「失礼。いまのは、言ってはならないこと、ルール違反でした。しかし、今回わたしがうかがったのは、そうしたメタルールに関わる事件について、先生に協力願えないかと思いまして。申し遅れましたが、わたしは、みかたさとし、と申します。聖書の聖で、さとし、美しいに方角の方、美方、です。普段は長野県警松木署捜査一課の刑事をやっています。しかしこういう世の中ですから、メタ事件を担当する場合も、ままあるのです」

「メタ事件とは、この仮想世界を破壊するような、ということか」

「そうです。ここは仮想世界である、というのも禁句、そうした発言もメタルール違反なわけですが、しかしまあ、この仮想世界を維持構築している超生システムの暴走とかいったことを監視するメタ職というものは必要です。わたしはしがない刑事ですが、この仕事をやっていると、どうしてもそれに関わらざるを得なくなる、という場合があるのです」

「ようするにきみはメタ刑事でもある、ということだな」

「メタ刑事、ですか。なるほど。そういう言葉は初めてですが、そのとおりでしょう。ご同行願えますか」

「いますぐにか」

「そうです。退屈しのぎにはいいかと思います。手順を踏め、ということでしたら、いまここで逮捕する、ということでもいい」

「なぜ、わたしなんだ」

「メタ的に言えば、あなたはそう、豪華客船による世界一周旅行の抽選に当たった、とでもいうべき幸運の持ち主ということになるでしょう。退屈な毎日に、刺激が与えられる、そういう者に選ばれたのだ、とでもお考えください」

「よくわからんが、では、だれでもいいわけか」

「いや、また言い過ぎました。先生の、哲理学という、ようするに物事の道理というものを示す思考法、それを、利用したいと、そうわたしは思ったものでして。わたしが捜査している事件の犯人の動機というものを、それで探れるのではなかろうか、ということです。きょうの講義は面白かったです。ようするに過去の人間たちは、足ることを知る、ということをしなかった、ということでしょう。それがきょうのまとめだ。いい点がもらえそうですかね」

「ウム」

「超生システムという仮想世界空間内にいるわれわれは、もはや外部の自然を気にすることなく、足ることを知った、はずです。しかし、それでも、満足しないやつもいるのです。なぜ？　道理を忘れているからだと、そうとしか思えない」

「わたしに、その犯人に講義をしろと、そういうわけか。犯人に、物事の道理をわきまえろと、説得せよ、と」

「見つかったら、お願いします」と美方という男は、立ち止まって、わたしを見て、うなずいた。「しかし、いまのところ、犯人の目星はついていない。みかけはたいした事件ではないのです。ですが、背後に、だれか関係している。長年刑事をやっている、わたしの勘です。あなたの力も必要になる」

「なんだ。結局、いまのところ、わたしを連れ出すなんの根拠もない、ということではないか」

「ですから、退屈しのぎによかろうというメタ的な理由を漏らしたようなわけですよ、先生。選ばれたあなたは幸運だと。逮捕、しましょうか。容疑はなんとでもなります。いろいろ面倒なことに巻き込まれるのもまた。退屈しのぎにはいいかもしれない。でもそれを乗り切ったとしても、あなたはまたもとにもどるだけで、不毛な体験をするだけのことだ。わたしなら、好奇心が少しでも満たされるような状況を選択しますが」

「どういう事件なんだ」

「行きましょう。署に戻って、説明します」

　代わり映えのしない日常に倦んでいる、という指摘は正しい。当たったくじなら、それを使うというものだろう。それでわたしは、美方という男のあとに従った。

キャンパスの外に停めてあった美方のクルマは黒い小型のプジョーで、古い。エンジンがなかなかかからず、美方は舌打ちし、ダッシュボードを思い切り叩いて、それで始動した。

「がたがただな。どんなクルマも選べるというのに、よくこんなクルマに乗れるものだ」

そう言うわたしに、退屈しなくていいのだ、と美方は答えた。

「ま、クルマに関心がなかったら、とっくに放り出しているでしょう。メタルールにそって説明するのはタブーですが、今回の事件にも関係するかもしれないので、目をつぶってください、このプジョーはここ超生システム内では、このような宿命を負ったものとして設定されているのです。あちこちすぐ壊れる、という条件因子が組み込まれている」

そう、このクルマはリアルな存在ではない。実体はないのだ。データのみが存在する。ここのすべての物体はデータにすぎない。データ処理は超生システムが行っている。メタルールというのは超生システムに組み込まれているデータ処理のプログラムのことだ。この世界そのものを維持しているルールであり、バックグラウンドでこの世界を支配している法則と言ってよいが、広義には、そうした現実を口にしてはならないといったタブーをも含んだ、潜在的な常識のことでもある。

「わたしとしては」と美方は続けた。「体の弱いこのクルマを直す楽しみとか、それをうまく乗りこなしているという満足が、それから得られる、ということです。メタルールを無視すれば、単にクルマの出来には当たりはずれがある、というだけのことになります。普段はわたしも、メタルールを意識することはまずありませんよ。ようするにこのクルマが好きなだけだ。エンジンさえかかればね、いいクルマです。部品代が高いのは痛いですが」

ここ、超生システム内における環境は、すべて数値によって計算されて存在する。われわれは原則的には不死であり、いわば幽霊のような存在でもある、ということだが、そうしたことはしかし、この男の言うとおり、普段はまったく意識しない。自分がいま感じている身体や周囲の環境が、仮想のものである、などということは。それを口に出して指摘するのは、やってはならない、タブーだという暗黙の了解がこの世にはある。この世界の人間にとってそうした、この世界の外にはリアルなもう一つ上位の現実があるという、メタ事実を意識させられるというのは、しらけることなのだ。

わたしはしかし、哲理学というものをやっているので、そうしたメタ事実について避けて通ることはできなくて、だから、タブーに抵触することもままあり、それは社会にとって危険な場合もあるだろう。みんながしらけきってしまえば、この世界は無意味になってしまうからだ。

わたしが公安にマークされているというのは、単なるわたしの思いこみにすぎない、というものでもないのだ。公安と言うより、メタ刑事に捕まりそうだとわたしは思い、いまそれに近い状態なのだ、とあらためて気づいて、少し不安になる。わたしは強制消去されるかもしれない。この世に飽きて死ぬのもまた楽しみ、というのと、強制的に消される、というのとは違う。

「きみは、メタ刑事をやっていて楽しいか」

「そう見えますか」

「やり甲斐はありそうだ」

「わたしは職業意識は高いほうなので、事件を解決すること自体はやり甲斐がある、と思っている。ですが、できれば、メタ事件には関わりたくないというのが本音です。だれかがやらなくてはならないので、仕方なく、というところです。メタ事件に関わるのは興ざめですよ。この愛車もね、こういう故障がランダムに発生するような設定がなされているのだ、なんて意識させられるのは、かなわない。すべてがそうだ。この道も、並木も、あの家家、この町並みすべてが、みんな実は仮想なのだ、などと意識させられるのは、空しい」

「しかしメタ刑事は」とわたしは言った。「大きな力を持っているわけだろう。極端なことを言えば、きみの立場なら、憎い相手を完全にこの世から消してしまえるのだ」

「それは、誤解です」

「どういうことだ」

「メタ刑事という者は、いないのです。それだけを専門にしているという者は、この世にはいない。だから、メタ刑事という言葉もないのです。それがメタルールの一つでもあるのです。考えてもみてください。もしだれか特定の者がそのような権力を持つとしたら、われわれは安心してこの世に身を任せられない」

「フムン」

「だから、そういう要素は最初から排除されているのです。メタ事件を解決するのは、あくまでも、普通の事件の延長として、それを担当する者の役目となるのです。わたしも、普通の、あなたと同じ能力を持つ人間で、メタ刑事的に動くとしても、他にはない特殊な能力を発揮するスーパー刑事というわけではないんだ。あなたもそれを知っているはずだ。でも、哲理学のおかげで、それを警戒する気持ちになるだろう、というのは、きょうのあなたの講義を拝聴して、理解できますが――」

「メタ刑事になろうという人間はいるかもしれない」

「それは犯罪行為です。それこそメタ事件、というわけです。われわれ市民は、それを排除しなくてはならない。それは単なる警察の仕事ではなく、あなたも傍観者ではいられない、ということだ」

「犯人は強制消去されるのだろう」

「場合によっては、そうでしょう」

「だれがその決定を下すのだ」

「この世の法律と、裁判官、ようするにこの世の道理、です。あなたの専門だ」

「世論、ということになる」

「そうですね。実際に消去手段を実行するのは、そう、刑の執行官が、それをやることになるでしょう。しかし、そのような犯罪は、これまで聞いたことがない。メタ事件というものも、この世の法律内で処理され、解決されるものがほとんどだ、ということです。犯人は、心底からこの世界を破壊しようとは企んでいない、ちょっとスーパーな気分になりたかっただけ、ということなのです」

「みながみな、そうではあるまい」

「いいですか、先生、そうではない犯罪者がいると仮定して、そいつが実際にこの世界を破壊したければ、この世から、すなわち、超生システムから出て、操作することになる。しかしそのような行為にどんな意味があるというのです？　ここがいやなら、ただ出るだけでいい。そうすることで、憎む相手がこの世にいたとしても、ここから出た者にとっては、この世の人間たちはみなまとめて死んでしまうに等しいのです。彼にとってわれわれはどこにもいなくなるのですから。もしそれでも満足できずにこの世の破壊を狙っている者がいるとしても、しかしわたしは、そこまで追跡したことは、つまり超生システムの外、あの世まで追ったことは、これまでにはないのです。必要なら、やるまでですが。この世の法をあくまでも無視しつつこの世に対して害を加えようとする相手なら、そのときは、超法規的な措置をとるまでだ。つまり、超生システムの外で、そいつを排除する。すなわちこの世でのそいつは、完全に消去される、ということだ。超生システムの外でそいつが実際に死ぬかどうかは、また別の話になる。それこそメタ次元の話ですが、ま、長くは生きてはいられないでしょう」

これは当たりくじではない、スカだ、とわたしの気分は落ち込んでしまう。罰ゲームに当たった、と言うべきか。

自分の本来の身体、リアルなわたしの肉体が超生システムの外でどういう状態にあるのかということを、美方というこの男から意識させられて、わたしは憂鬱になる。普段は顕在化していない不安、この人生は幻でなんの意味もないのではなかろうか、というそれが、こいつのせいで頭をもたげてくる。この身体やこのクルマや町や景色が、数値的に完璧にシミュレートされたものだ、などというのは、普段はまったく意識しない。なんの違和感もなく、あたりまえに生きていけるのだ。それほどここは、よくできている。事実がどうであれ、実生活においてはなんら影響しない。それはすなわち、この仮想世界こそ現実だ、ということだ。こういう現実を生きているわたしにとって、超生システムの外について考えさせられるというのは、超生システムに入る前の人生においてこの世界は神が作ったのだと想像するにも等しいことであって、いわばあの世にいる自分について強制的に意識させられる、ということだ。

あの世でのわたしは、完全な無菌状態でカプセルに入っている。腸内細菌もいないことから自然食はとれない。胃腸は動いてはいないだろう。よくできた生命維持装置のおかげで意識だけはうまく保たれ、その情報が超生システム内の仮想空間に投影されて、再現されているのだ。その自分の身体のことなど想像したくない。おそらく手足は萎え、骨と皮だけで、頭だけが異様に大きいのではなかろうか。ほとんど死体だろう。

「もし、メタ事件とは無関係だったとしたら」とわたしは言った。「きみを恨む」

「そのときは」と美方は言った。「あなたを公安に売ります。厳しい取り調べを受け、強力な現実感覚をそれで取り戻してください。あの世の自分についての感覚は、それで忘れられると思います」

そうかもしれない。こいつは用意周到だ。優秀な刑事ということだろう。


松木署の玄関を入ったそこには運転免許更新の窓口があって、活気づいていた。わたしもここまでは入ったことがある。二階に行くのは初めてだ。

案内されたそこは小会議室といった趣で、取調室ではないことにわたしはほっとしている。わたしも小市民だ。給湯室があるからそこでお茶を入れて待っていてくれ、資料を取ってくる、と美方は言った。

「お茶はわたしの分も頼みます。湯のみはどれでもけっこう」

　これは時間がかかりそうだとわたしは覚悟を決め、言われたようにする。茶は蕎麦茶で、給湯器の温度を沸騰にあわせて、その熱い湯で入れると香ばしい香りがたった。茶を入れた湯のみを二つ、部屋の安物のテーブルに持っていき、折り畳み椅子に腰を下ろして、火傷に気をつけながら茶をすすっていると、美方が段ボール箱を抱えてやってきた。

「まずこの映像を観てください。前のほうにどうぞ。モニタのところ」

　段ボール箱を置いて、美方はその中からビデオディスクを探し出し、再生機に入れる。正面のモニタが明るくなり、画像の再生が始まる。わたしもそちらに移動する。

「このディスクには、わたしが編集してまとめた何本かの映像が入っています。最初のこれは、あなたもあるいは覚えがあるかもしれない。地元のテレビ局、ＮＢＢが、ちらりと流したので。あなたも特派員、という視聴者から送られたビデオを紹介する短いコーナーです。いま映っているこれはＮＢＢが放映する元になった編集前のオリジナルの一部です」

　これは家族連れで動物園に行ったときの記録だ。いかにも素人が撮ったとわかる、しかし子供や母親や撮影者の父親の様子が伝わってくるほほえましいものだった。場所は茶臼山公園で、日付は画面下に記録されているように永生４７年７月１０日だ、と美方が言った。

おなじみの猿山を見物したあと、この家族は、キリンを見に行った。『わー長い首』と子供の声。見上げるキリンの首はほんとに高い位置にある。近くにそびえる木の葉を食べている。と、『あらあら』という母親の声がして、『わあ、捕まえたよ』と子供が言う。撮影者の父親は、『なにを捕まえたって?』と訊く。

『キリンが鳩を捕まえた』と子供。

『食べてる』と母親。

『まさか』と父親。

画面がズームイン。木の葉に隠れていたキリンの顔が大写しになる。むしゃむしゃと口を動かして、レンズを見下ろしている。口元から鳩の片方の羽がはっきりと映っている。そこから抜けた羽根が舞い落ちる。

『食べちゃった』と興奮した子供の声。

『キリンって、肉食することもあるのね』と母親も興奮気味に言った。

『撮ったぞ』と自慢げに父親が言った。

一家の見物はまだ続く様子だが、画像はここで切れる。美方もここでいったん停めた。

「ご感想はいかがですか、先生」

「おどろいたな」とわたし。「初めて見た。しかし、絶対にあり得ないというものでもなかろう」

「そのとおり」と美方もうなずく。「草食動物は絶対に肉食しない、というわけでもない、というのは動物の専門家も言っていました。必ずしも動物園という閉鎖環境のストレスのせいというわけでもなく、野生でも観察例はあるそうです。正常な食行為ではないが、ま、げてもの食いの性向は、人間だけでなくどんな動物にもあるということです。しかしそれを捉えた映像は非常に珍しい、とは言えます。めったにないことですから。だからＮＢＢも放映したのでしょう。この時点ではね、珍しいことだったんだ」

「いまは、珍しくなくなっている、と言いたいわけか」

「そうです。続き、ごらんになりますか」

美方はわたしの同意を得るより早く、画像を再生する。わたしがそこに見たのは、珍しい光景のオンパレード。

道路脇の犬の死体、おそらく交通事故にあったのだろう、それに群がる鳩。死体をむさぼり食っているのだ。そこに三羽の鴉がやってきて鳩の群を追い払い、死体をつつくのだが、鳩たちは逃げずに恨めしそうに鴉たちを見ている。

愛らしいハムスターが、かわいい両手で餌を持って食べている。大きめのカボチャかなにかの種だと思いたいが、どう見てもゴキブリで、それを頭から囓っている。

ウサギがモルモットの死体をつついている。小学校で飼われているというのがわかる周囲の雰囲気で、子供たちが先生に、『食べられちゃった』などと言っている。

ポニーがたらいの中の飼料を食べているのは珍しくもないと思ったが、中味はドッグフードだという美方の説明を聴けば、異常だ。

「個人のペットなんですが、一緒に飼われている犬の餌をある日横取りしているのを飼い主が見て、ためしにドッグフードをやったら、こういうことで。いまではドッグフードという一種類の餌で、このポニーから九官鳥、亀までまかなっているという話です」

肉食動物が穀物を食べるという映像もあった。猫が納豆を食べている。これは異常ではなかろうと言うと、美方は補足した。

「本来猫は肉食ですが、仔猫のころに飼い主が与える餌ならなんでも食べる。でもこの猫は成猫になってから、こういう食嗜好になったという珍しい例です。キャットフードにはいまや見向きもしないそうだ」

もういい、とわたしが言うと、美方は再生をやめる。

「どう思います」

「動物たちの食性の変化というのは、こうしてまとめて見せられればたしかに異常に思えるが、絶対に起こり得ないことが起きている、というわけでもあるまい。キリンの、あれと同じことで――」

「わたしも、そう思いたい」と美方はうなずいた。「これらの映像は、テレビ局に持ち込まれたものもあるのですが、キリン以外のは放映はされなかった」

「やたらと起こっていることなので放映価値がなくなったとでもいうのか」

「いや。放映倫理が働いたからですよ」

「残酷だから、とか」

「いいえ。メタ倫理というべきものです」

「メタ倫理だ？」

「各地で似たようなことが起きている。原因の究明は生物の専門家の仕事になるわけですが、専門家はそれなりの原因というものを突き止めることはできる、と思います。しかしこれはメタレベルでの異常だ、とも考えられるわけです。この世の現実を生じさせている、あの世のシステム、超生システムに、なんらかのバグが紛れ込んだという可能性は無視できない。しかしそれを公言するのは、メタルールに反する。タブーです。そういう放送局の自主規制の結果、これらの映像は公開されない、というわけです」

「めったに起きないことが偶然に続いた、というだけのことではない、ときみは思っているわけだ。メタレベルでこのように操作している者がいる、というのだな」

「単なる超生システムの異常とは考えにくい。作為的なものを感じる」

「根拠はなんだね」

美方は再生機からディスクを抜き取って段ボール箱に戻し、捜査ファイルを出した。

「いまの映像は、自分が捜査を始めてから収集したものです。ほかにも似たような事例があるのではないか、と思いついてのことですが、それは正しかったわけで。きっかけは、この事件です」

捜査ファイルを示しながら、美方は説明を始めた。

「松本市郊外、美里地区にある牧場の主が変死していた。状況は、この写真のとおり。ごらんください」

ファイルをこちらに向けて美方は言った。

「ひどいものでしょう。長靴とゴム手袋をつけていた四肢先端と、頭を除いたほぼ全身が食われている。食ったのは鴉でも虫でもない。牛たちでした。それは確認されたのです」

わたしは自分でそのページをめくる気にはなれなかったが、美方はよく見えるようにと、ゆっくりと見せた。場所は畜舎の脇の舗装されていない砂利道だ。牛たちは映っていないが、ファイルに連なる文字を追うと、複数の牛たちの口から被害者の血液が検出され、解剖した一頭の牛の腹から被害者の肉片と衣服の一部が検出された、とか書かれている。

「牛たちに食い殺されたというのか」

「死んでから食われたのか、牛たちに襲われて死亡したのか、というのは重要な点なのですが、確認はされていない。しかし事件そのものはね、自殺ということになりました」

「なんだ、それは」

「メタルール上、そう解釈するしかないのです」

美方は席を立ち、給湯室から灰皿を手にして戻ってくると、煙草に火を着け、言った。

「わたしが煙草を吸い続けることによって死亡する確率というのは、計算可能です。病気になる危険性がだんだん高くなる。そのようにこの世はできているわけですが、本当に死亡するときは、煙草に殺されるのではなく、自分の意志で、そうなるのです。われわれは基本的には不死ですが、死ねないというわけではない。この世に見切りをつける自由というのは残されている。それがメタルールです。それはあなたもおわかりでしょう」

「まあね」

「殺人ということもこの世では可能です。メタルール上では、それは、殺す側の恨み、その意志と、殺される側の生存への意志の、どちらが強いかによって、結果が決まるのです。ようするに生きる気力が無くなったときに死亡するわけで、この煙草が原因か殺人者の恨みかという違いはあっても、メタルール上では同じです」

「牛に殺されるのは、どうなんだ」

「問題は、そこです。牛は殺人者としてはメタルールでは設定されていない。いないはずです。意志を持たないのですから。でも煙草と同じような危険因子としては設定されてはいるでしょう。つまり事故ということはあり得る。だからこの事件は、事故か自殺、ということになる。事故なら助かる。死にたくないでしょうから。しかしこの牧場主は助からなかった。したがって、自殺、ということです」

「そんなに単純に割り切れるものなのか」

この世の現実を、超生システムを保持しているルール、メタルールから解釈する、というのは、精神が分裂しているかのようで居心地がよくない。

「牛でなければね、単純なんですが」と美方は言った。「たとえば暴力団にやられた、というのならね。殺す気はなかった、手加減したんだ、とか言い張る殺しのプロは多い。傷害致死という線を狙うわけです。たとえば胸や腹は刺さず、太股を狙う。その動脈を切られるのは致命的だ。犯人はそれで相手を確実に殺せて、しかも急所は外したのだという言い逃れがしやすい、ということです。刺された者は、適切な初期治療を受けられなければ、ショックで本当に死亡することもあり得る。もし死亡すれば、犯人は殺人罪でぶち込まれる。傷害を狙っただけで相手が死亡するということは、メタルール上ではあまりないことですから。まあ、被害者が死亡するにせよ助かるにせよ、裁判にはメタルールは持ち込まれない。殺意があったということが立証され、裁判官がそれを認めるということだ。結果がどうあれ、犯人はメタルールを破ったわけではない。この世の決まりからはそれていないのです。殺人行為であっても、メタルール上では許される。しかし、ね」

美方は煙草を灰皿に押しつけ、一息ついて、言った。

「勝手にキリンやウサギの食性を肉食に変えることは許されない。われわれには直接害はなくても、です。いまは、いい。しかしこうしたことが蓄積していくと、この世はめちゃくちゃになる」

「そうしている者がいる、という根拠はなんだね」

「牛には意志がないのだから、これは何者かの意志が関与しているに違いないという単純な理由からです。単なる超生システムのエラーなら、たとえば人間であるわれわれの食性も変化してもいいが、それはない。選択的な意図が感じられるでしょう」

「もともと人間は雑食だ」

「この牧場主が自殺だということが、わたしにはどうにも納得いかないいんだ。いくら捜査しても動機が見つからないのです。すると発作的なものと解釈するしかないのですが、ではどうやったのか、それがわからない。首吊り死体を牛がむさぼり食っていたというのならいいのですが、牛に襲われたとしか思えない。この世ではあり得ないことが起き、その恐怖で被害者はショック死したということは、考えられる。しかし超生システムでは本来そうした危険を自動回避するように設計されているのだから、何者かが関与したと考えるのが妥当でしょう。これは殺人だ、と。この世のではなく、メタ次元での殺人。見逃すわけにはいかない。そいつはこの世の道理というものを無視しているわけですよ」

「なるほど」とわたしは冷めた蕎麦茶を飲み、のどを潤して、言った。「それはきみの希望的な観測というものだな」

「わたしの、希望？　なんとしても犯人をでっち上げたいと思っている、ということかな」

「少し違う。人為的な原因であって欲しいと願っている、ということだ。人為的なものなら、われわれでなんとかできる。だが、これがもし超生システムの暴走だとしたら、もっと深刻だ、打つ手がないということで、だから――」

「いや、それは違います」と美方はわたしの言葉を遮って言った。「超生システムの機構そのものに生じたエラーなら、この世からそれを正すことが可能です。生物学者や動物学者たちが、この世での原因を探りなんとしても突き止めるという手段によって、メタルール上でのエラーも修正できるのです。そうした柔軟なフィードバック機能が超生システムに組み込まれている。忘れてはいけません、先生。ルールを作っているのはあくまでもわれわれであって上位にいるだれか、ではない。だからこの世でも真剣に生きる必要性と義務があるので、言い換えれば、だからこの世は幻ではないと信じて生きていられるわけです」

「動物たちの食性の変化の原因を、専門家たちはなんと言っているのかね」

「個個の事例についてはキリンの場合と同じです。あり得ないことではない、ということです。しかし、こういう事例が連続して起きているという問題については、動物学ではなく心理学の領域になるそうです」

「心理学だ?」

「精神医学も関係する」

「われわれは狂っているのだ、とでもいうのか」

「ある意味ではね」と言って美方はまた煙草に火を着ける。「宇宙人にさらわれて異物を体内に植え付けられたというようなことだ、ある精神科医はそういう例を出してきた。それはつまり、宇宙人が本当にいるのかどうかはおいといて、だれかがそう言い出すと、わたしも、という人間が必ず出てくる、ということです。たとえば、キリンが鳩を食うのは実はそう珍しくもないのだが、見るまでは信じられなかったのがいったん見てしまうとそれが当たり前になり、それが他人にも伝染する、とかね。いままでウサギがモルセットを食うことは絶対にないとして、そういう場面に出くわしても見て見ぬ振りをしていたのに、そうした心理的な枷が外されて、現実を直視するようになる、とか。早く言えばこの世の現実というのは思いこみで成り立っている、信じたことが現実、ということでしょう」

「ようは、そう信じるとそうなるということか――」

「たしかに超生システム内では起こりやすい、と言える。これは超生システム内で生きているわれわれの潜在的な不安の現われであると解釈できる、それが精神医の説明でした」

「きみはそうは思ってはいないわけだ」

「そんな説明では納得できないということです。先の例で言えば宇宙人がいるのかどうか、それこそが問題の核心だというのに、それを回避した解釈では納得できない。わたしは、キリンが日常的に鳩を餌にしているなどとは信じない。ならば、自分で納得のいく捜査をするしかないでしょう」

「ふむ」

「そう覚悟を決めて捜査に当たるとですね」と美方は深く煙草を吸って、大量の煙を吐き出しながら、言った。煙い。「世にも珍しい、不可解な事件というのはけっこうあるんだな、これが」

くわえ煙草から立ち上る煙に目を細めながら美方は箱の中からファイル群をまとめて取り出し、わたしの前にどんとおいた。


わたしは美方の説明を聴きながらそれらの資料を読まされることになった。最初に美方が選んだのは、ある自殺者の解剖所見についてだった。その自殺者には、脳がなかった、というものだ。

「どういうことだ」

「どういうことだと思いますか」

「わたしが訊いている。まず、この文書は信頼のおけるものなのかどうかだ」

「これが公式の文書であることは保証します。しかし内容が内容なので、機密扱いです」

「そんなものをなぜきみが持ち出せるのだ」

「外部に持ち出してはいません。アイズオンリー、ここで見るだけ。コピーもしていないし、公表もしない。誰かに話してもこの元文書を示すことができない以上、与太話としか通用しないでしょう。でもこれは、本物です。ま、本来は文書室からは持ち出し禁止なんですが、それはどの文書でも同じことです。わたしはあなたの意見が聞きたい。どう思います」

「内容をこのまま信じるならば」とわたしは答えた。「自殺というのはおかしいだろう。だれかに脳味噌を盗まれたんだ。だから、死んだ。殺されたんだ」

「そのとおり」美方は煙草を消しながら、うなずいた。「わたしもそう思った。飛び降り自殺なのですが、飛び降りる前にすでに脳は抜き取られていた、と考えるのが妥当な解釈です。しかし、そうした形跡はなかった。つまり、解剖を担当した医師は、こいつはいままで脳なしでどうやって生きていたんだろう、と言った。腹でものを考えていたのだとしか思えない、と。わたしもその場にいたのです。たしかに、開いた頭の中には脳味噌はなかった。しかし、脳なしで生きてきたなどということはあり得ない。そうではなく、脳がなくなったから死んだのだ、と考えるべきなんだ。だれかが、すでに人形のようになったた被害者をビルの屋上から放り投げたのだ、と。しかし、それを証明することはできなかった。また、生前のこいつに、たしかに脳味噌があったのかどうかを確認することもできなかった。過去に医者にかかって頭の透視写真を撮っていたなら、確認できたのですがね」

「それで」

「だれかに脳を抜き取られたのだ、ということは証明できなかった。くわしく死体を調べても、それらしい形跡は見つけられなかった。原因不明です。犯罪として立件できない。事故としても、です。結果として死んでいるのだから、自殺だ、ということで決着した。牛に食われた牧場主と同じです。あるいは超生システムの異常かもしれないが、それを公表するのは心理パニックを引き起こす危険が大である、ということで、非公開扱い、機密として処理された。あってはならないこと、というわけです」

「ふむん」

「こういう事件というのは、さほど珍しいものではなさそうなのですが、記録が残っているのはごくまれです。そのほとんどは、公文書として残すにはあまりにばかばかしい、という当事者の判断により、たとえばこの件ならば、脳がないという解剖所見については、なかったことにして記載されなかったはずです。自殺であることは間違いないのだから、ということで、です」

「だがきみは、ばかばかしいとは思わなかった。それで、そうした書類上の操作や改竄を認めなかった。だからいまこうして残っているというわけだな」

「わたしは、これらがメタ事件である可能性を無視できなかったのです。つぎの事例はですね——」

「このファイルの束はすべてきみが担当した事件簿なのか」

「そうですが」

「では犯人はきみだ」とわたしは真面目に言った。「きみの立場ならこうした公文書の改竄は簡単だ。それをわたしに示して、なにをさせたいのか、それが問題だな」

「この世で起きた不可解な現実をそのまま記録することが、この世のルールでは事実の改竄行為を意味する、という、あなたのおっしゃりたいことはわかります」

美方聖という男はわたしの言葉の意味を捉えかねて困惑したりはしなかった。頭のいいやつだ。学生たちがみなこうならいいのだが。

わたしが言ったことを言い換えるなら、ようするにこの世での不可思議な事件はすべてメタ次元で解釈するならばなんら不思議ではなくなる、ということであり、しかしそういう見地から常に物事を見るというのはこの世の現実を危うくすることにつながる、ということだ。この世では起こり得ない不可思議な事態は、なかったことにする、というのが安心して生きるための暗黙のルールであって、それを無視するというのは、この世の現実を改竄する行為に等しい。

「きみがやっていることは」とわたしは言った。「わたしをきみの共犯に仕立て上げる、ということではないか。現実にはあり得ないことというのは、ようするに一種の幻想だろう。これらはきみの不安の現われなのだ、という解釈で片づくのではないかな。わたしを巻き込んで、きみ個人の不安ではなくしたい、というのではないのか」

「世界の道理というものを無視した殺人者など決していない、それは不可能だ、とあなたが証明してくれるならば、これ以上おひきとめはしません、嘉見守教授」

「そんな証明などできっこない」

「だから捜査している。あなたも、これは殺人だ、とおっしゃったではありませんか」

「あれは……」

とわたしは言いよどむ。

「あれは」と美方は言った。「現実を見据えた解釈というものでしょう。この世の現実であろうとメタ次元の現実であろうと、脳がなかった、という事実を解釈するには、だれかがそうしたのだ、と考えるしかない。それがいちばん現実に即した考え方だ。だが普段われわれは、そうは考えない。たとえばこの例では、超生システムの外にある肉体が、寿命がつきて、あるいはなんらかの原因で、死亡し、意識がなくなったために、こちらの現実上での脳というものが消失してしまったのだ、というようなメタ次元での考え方もできますが、それに触れるのはタブーだ。だから、これはなかったことにしよう、ということで処理される。ほとんどの場合はそれで問題はない。しかしこれが殺人ならば、それではすまない。この世の殺人ではないからだ。犯人はこの世界のルール、道理というものを無視している。何度も言うように、わたしはそれを見逃すわけにはいかないのだ」

「話を聞いていると、きみは犯人の目星はついていないと言いながら、実は疑わしい人物をすでに突き止めているようだな。でなければ、ここまで意地を張って、犯人がいるのだ、とは主張できないだろう。どうなんだ」

美方は無言でわたしを見つめていたが、やがてため息をつき、そうだ、と認めた。

「先生には客観的な立場で資料に目を通していただきたかったのですが、実はね、そのとおりです」

「だれなんだ」

「それをあなたが聴いたら、もうこのまま帰ることはできない。まさにわたしの共犯になる、ということです。どうします、先生。続き、ごらんになりますか。それとも、このまま公安警察の取調室に直行しますか、お約束どおりに」

これは難しい選択だとわたしは思った。

いまなら、おかしなことが起きているのは世界のほうではなくてこの男の精神上の幻想なのだ、ということで納得できる。仕事のストレスが精神を狂わせたのだ、という解釈は自然で、精神科の受診を強く勧めたいところだ。しかしこの男は、自分がもしそういう状態であったとしたらどうか、ということも検討したに違いないのだ。美方は、自分がおかしいのだとしても、なおかつこれら不可解な事実は消えてしまったりはせずに現に存在し続けるだろう、それはおかしい、とそう言っているのだ。宇宙人が本当にいるかどうかが問題の核心なのに、それを回避する解釈では納得できないと、さきほどそう言った。おそらくそうした美方の不安は精神科医には消せないのではないか。これらの事件を忘れさせることはできても、不安そのものは依然として残るだろうとわたしは思い、そしていまのわたしもすでにそうなのだと気づいた。

このまま帰れば、あるいは公安の取り調べという現実に身を置けば、いま感じている漠然とした不安は自然に消えるだろうか。いいや、反対だろう、かえって強くなりそうだ。

「わたしはすでに共犯の立場におかれている」とわたしは言った。「毒を食らわば皿までだ。続けてくれ」

「毒を食らわば、というのはわたしも同じ心境です、先生。こちらは悪事を企んでいるわけでもないのに、ですがタブーを犯している可能性はあるわけだから」

「きみはほんとに職業意識が高い」とわたしは言う。「しかしこの件に関しては、それよりも、哲理的な興味がきみを動かしているのだ」

「どういうことです」

「われわれ人間が考え得ることは、三つだ。自分のこと、自然界のこと、神について、だ。神はカントの受け売りだが。きみは、神の御業について考えずにはいられないのだ。ま、そのカントの言うそれとは少し異なるのだが、わたしたちにとってのそれは、ようするに超生システムにおける作動原理、メタルールのことだ。それによって、いま住んでいる自然環境があり、自分もそこに生かされている。われわれが見上げる夜空の星は、メタルールによって存在しており、それを見るわれわれの心にある情動が生まれる。メタルールを無視してもそれは可能か、ときみは問うているに等しい」

「メタルールは神が作るのではない、超生システム内におけるわれわれが作るのです、それはさきほど――」

「それはきみの神についての解釈なんだ。神についての解釈のひとつなんだよ。神という存在もまた人間たちが作ったのだ、という解釈だ。どのように解釈するにせよ、しかしきみの立場では、神は存在する、つまり超生システムというメタ次元の現実が存在する、ということでは同じだ。われわれのこの世の道理、法律や常識というものを超えた上位のルールが存在するということを認めている、ということだ」

「そういうことなら、わかります……先生に協力を仰いだのは正解でした。いまのお話に関連することになりますが、こちらの事例、用意した順序とは入れ替わりますが――」

　美方は目の前に積まれた事件簿の一番下のファイルを取り出して、続けた。

「これこそ、ごく普通の事件です。ある少年が動機らしい動機もなくゆきずりの老人を刺殺したという事件です。これはわたしが担当したヤマですが、このところ似たような事件が世間で連続して発生しているのはご存じでしょう」

「いやな世の中だ」

「共通しているのは、犯人の世代です。彼らはみな、超生システム内で生まれた二世なのですよ、先生。つまり彼らは、わたしたちと違って、超生システムに入る前の現実、そんなシステムが作られる前の地球、宇宙、世界、自然、神、というものを知らないのです。大自然が人類をまとめて一掃しようとしたかのようなあの災害から逃れるために、人類は超生システムを作って自然から自分たちを隔離、避難した、という歴史を、実体験していないのです」

「言われてみれば……そうなるな。どうやって二世が誕生するのか、ということは考えもしなかったが」

「この世で子作りに励んだカップルは、超生システムの機能によって、妊娠するという確率にヒットした場合、あの世の、つまりカプセルに保存されている本当の身体を使って、新しい個体を発生させるのです。必ずしも生殖細胞でなくても可能です。その操作はシステムの自動機能が実行する。その結果、新しいカプセル内で発生した新個体の意識は誕生時から、いや胎児の状態から、すでに超生システム内であるこの世の現実に投影される。その外のことは知らないわけです。彼らにとっては、いうなれば神は存在しないのです。むろんその事実が直接犯罪に結びつくわけではない。しかしメタルールを無視する、というか、それを実感できない世代が成長してきているのは間違いのない事実だ。この事例では、被害者に対してなんら恨みを持っているはずのない犯人が、被害者が生きたいという意識よりも強い殺意を瞬間的に発揮した、という新しいタイプの犯罪の一つの例です。犯人の少年は、強力な自己の殺意が即座に現実に反映するという事実を実感できないんだ。彼らはメタルールというものを知らない」

まさに神は死んだという世の中だな、わたしはまたまた憂鬱な気分になる。この先、この世はどうなっていくのだろう。

「彼らは、人体という形をとる必然性はもはやないのです、あの世のカプセル内においてはね。人間である必要すらないのかもしれない」と美方は続けた。「それを示すかのような事件が、こちらです」

それは、母親による乳児遺棄事件だった。生活苦のために自宅で産み落としたばかりの新生児を近くの道路脇の草むらに捨て、死亡に至らしめた、という事件だが、美方は、本来はあり得ないこととして抹消されるであろう事実を、そのまま記載していた。

「いちおう生活苦というのが動機なのですが、本当は、違う。産み落としたそれが人間の形をしていないことに恐れをなして、棄ててしまったんだ。そのように自供している。こちらが発見されたその死体の写真です」

それは新生児ではなかった。なにやら灰色の小さな塊にすぎない。脳のようにも見える。

「これは超生システムに生じた一種のエラーの反映だろうと思われます。あの世での発生過程がおそらくうまくいかなかった。本来流産すべきところだったのだ、と考えられます。

ま、それに近い状況ではあった。未熟児、と判断されましたから。でも実際は、これは人間の胎児ではない。形もそうですが、本当にこれが母親の子かを調べた鑑定の結果、人間ではなかった。これは、猫です」

「なんだって」

「さすがにそこまでは、記録できなかった。鑑定エラーであるとわたしも判断せざるを得なかった。しかし、これが遺棄されて死亡した当の死体だ、というのは確かなのです。ほかを捜しても出なかったし、この目も鼻も口もない、脳味噌のような形も、母親の供述と一致している。母親自身が、自分が産んだのはこれで、この形に恐れをなした、と言っているわけですし」

「ふむう」

「もはや人体の形をとる必要はないという点から言うと、いまのわれわれがちゃんとした人間の形を取っていられるのはある意味で奇跡的なことだ、と言えるでしょう。早い話、猫でもいいわけだ。ほんと、神の御業ということです。超生システムのね。それにもし干渉することができたらどうなるか、というのが、つぎの事件です。それが疑われる内容なんだ」

　見るようにと勧められたその事件簿をめくって、わたしは気分が悪くなった。カラーの犯罪現場写真。これは、バスタブだ。そこに、大量の臓物が入れられていた。

「被害者の内臓です。事件そのものは、痴話喧嘩のすえ男が女を殺害したという単純なものです。それ自体はメタルールを破ってはいない。ところが、犯人の男は、こう言っている」

その供述部分を、わたしも読んだ。その男は女を殺すつもりで風呂に入っていた全裸の女に包丁を手にして近づいたのだが、そのとたん、その相手の身体が半分縦にずれ、そして真っ二つに左右に割れた、という。

「まさか」

「写真は本物です。保証付き。犯人は、被害者の二つに分かれた身体からどろりとはみ出した内臓をせっせとバスタブに入れた。それでどうこうしよう、というのではなく、あまりに予想外のことが起きたので、とにかく周りをきれいにしなくてはと思った、と供述しています。死体のほうけそのように、二つに開いたまま、まるで魚の開きのように、倒れていた。これで周囲が血の海でなければ、人体標本のようだ。切り口はこの世のものではない。少なくともこの男が生きている環境では不可能だ。生きている人体を瞬間的に二つに切るなどという道具をこの男は持ってはいない……写真は臭いを記録しないので平然としていられますが、現場はね、ものすごい生臭さで、息をするのも大変だった」

わたしは無言でファイルを閉じる。もう見たくない。わたしの気持ちを察したのだろう、美方は事件簿を片づけ、まだ残っていた蕎麦茶をゆっくりと飲んだ。

最後の事例は、とわたしは沈黙に耐えかねて、言った。

「あれもまた、超生システムにおけるある種のエラーかもしれない」

「そうですね」と美方。「エラーというより、男の強い殺意がこのような形で表現されたのだ、という解釈は可能で、実際そのように処理された。しかし、そうではないかもしれない」

この刑事、美方は、人間が人間の形を取っているというメタルールにだれかが干渉している、と言いたいわけだ。

「だれがやっているというんだ。神を信じない二世、少年か」

「いや、逆です。信じない者にはこうしたことはできない。むしろ狂信者といえる。こんなことができるのは超生システムに高度に精通している人間でしょう。先生はどう思われます。キリンに鳩を食わせ、また牛に人を食わせたり、ひとの脳を消したり、人間に猫を産ませたりする、犯人の動機、というものの見当がつきますか」

「……見かけ上は関連のない事件だ。もしこれらがひとりの人物によるものだとすれば、牛に人を食わせることが目的ではないだろう。結果としてそうなった、というように見える」

「わたしも、そう思った。これらは、何者かによる超生システム上での実験、試行錯誤の反映なのではないかとわたしは疑った。それができる者といえば、超生システムを構築する際に、その基本概念や設計や建造に深く関わった者だろう、そう思い、その線で洗い出してみたのです」

「ふむ。それで」

「当該地区では、三人の人間が浮かび上がった。当該地区というのは、むろんメタ次元でのことで、タブーもなにもかなぐり捨てて言うなら、旧日本、超生システム第六シェルターだ」

「三人とはまたよく絞り込めたものだな」

「タブーを犯しそうな人間ということで捜したのですが、そういう犯罪傾向基準でなくても、三人しかいない」

美方は段ボール箱に手を入れて、フォルダを取り出した。まだファイルされていない捜査資料だろう。

「それはどうかな」とわたしは言った。「ここは世界最大規模のシェルターだ。人口も最大のはずだ。超生システムのエキスパートらは各シェルターに分散して入ったにしても、ここには該当者は少なくとも数十から百人はいるはずだ」

「超生システムの構築は、数年のプロジェクトではなかった。いまの形として完成するまでに四十年以上が過ぎている。最初のころに入ったそうしたエキスパートは、ほとんどがすでに死亡しているのですよ、先生。最も最近に入った該当者でも、生き残っているのが、三人、わずか三人にすぎない、ということです」

「そうなのか」

「亡くなっていった、そのほとんどが自殺です。生きる気力を失った、という意味でです。おそらくメタ次元の現実が頭から離れないためにこの世になじめないというか、閉塞感をおぼえてというか、将来に希望がもてないとか、システム構築に深く関わっていたればこその、あなた流にいうならば神の御業をよく知っているがゆえの、ようするに職業病に罹ってしまった、それから立ち直れなかった、ということでしょう」

「なんとなく、それはわかる気がするな」

「あなたが自殺しなかったのは、どうしてですか、先生」

「どういう意味かね」

「あなたは、三人の容疑者のうちの一人です」

「わたしは超生システムプロジェクトに直接関わってはいない。超生システムというものが自然界にとって、またわれわれにとって、どういう意味を持つのか、という考えを求められただけだ」

「それをここでも考え続けることで、あなたは他の自殺者のような危機的な精神状態に陥ることはなかった、ということでしょう」

「きみはわたしを容疑者と言ったな。疑っているのか」

「自分を疑うようにね」と美方は言った。「わたしも、そうなのです。二人目はわたしだ。こうした仮想空間内における犯罪にどう対処すべきかを徹底的に研究するチームの一員だった。わたしが生きてこられたのは、その使命のためです」

なるほど、とわたしはこの男がここまでこの件にこだわるその理由を知って、うなずいている。そして、訊いた。

「では、残る一人とは、だれだ」

「生体情報工学分野から超生システムプロジェクトに参加していた、興野唯義博士。この世では、地元の企業、永生発酵の、エイセイ生命科学研究所での現役研究員です」

見せられたファイルには顔写真も載っているが、知らない顔だ。

「この男は牛の食性を変える研究をしているのか」

「まさか」と美方は笑った。「それならあなたに協力を仰ぐまでもない」

「ふむ」

「この博士はね、ロボットの研究をしているのです」

「ロボット。生命研究の一環ということかな」

「でしょうね。人体にそっくりなロボット、アンドロイドですよ。もっとも、失敗続きだった。それはうまく意識を持たない。当然といえば当然という気もしますが、それを解決するめどがついた、とのことです。見学に一緒に行きましょう。毒を盛った皿を食いに」

「連絡ずみというわけか。逮捕状は持っているか」

「それも、まさか、です。そんなことができるはずがない。メタ事件をこの世で裁くことはできないのですよ、先生。わたしはメタ刑事ではない、と言ったでしょう。この世にはそういう者はいないのだ、と」

「では、きみになにができるというのだ」

「説得です。あなたのお力を借りてです。おそらく今回の動物たちの食性の異常の件は、彼の仕業だ。まず間違いない」

「どうしてそんなことが言えるのだ」

「地道な捜査の結果です。これが通常の事件ならば、逮捕状を請求している段階です。もし彼がわたしの捜査内容を全面的に否定し、こちらもどうやら見当違いだったと認めるようなことになれば、捜査は振り出しに戻ることになりますが、彼に連絡を取ったときの感触からは、それはない。興味がおありでしたら、半年にわたるその内容を説明――」

「わかった。それで」

「超生システムに干渉してはならない道理というものを、彼に教えてあげてください。彼は技術屋だ。やれること、やりたいことは、なんでもやる。枷が必要だ。でないと、この世は崩壊する危険がある。それをわからせてもらいたいのです、先生」

な」

「興野という男が説得に応じないとしても、きみには彼を逮捕することはできないわけだ

「それでも彼を拘束する手段はあります。あくまでも超生システムへの干渉をやめないということであれば、警察署長から知事に向けて興野の措置入院の手続きを執るように請求できます」

「精神病院への強制入院か。しかし超生システムへの干渉はどこにいてもできるのだぞ」

「研究実験の継続を阻止することはそれで可能です。永久にというわけにはいかないが。もし彼がシステムそのものの破壊を考えているのだとすれば、最後の手段をとるしかない。超法規的な手段をわたしはとらざるを得ない」

「あの世で彼を排除する、か」

「カプセル内の身体に意識を戻す。その身体を使って、目標の彼の身体を確保、システムから切り離す。しかしその方法に精通しているのは、彼なのです。われわれは、意識をそのようにあの世とこの世とを可逆的に移行させる手段というのは、詳しくは知らない。そんなことが簡単にできないように設計されるのは当然です。あの世での犯罪、メタ犯罪が事実上不可能なように作られているのです。言い換えれば、彼なら、やる気になればそれができる、ということだ。彼を説得し、それに成功することがいかに重要か、というのが、これからもおわかりいただけるでしょう」

「システムに精通している者は、潜在的なメタ犯罪者だということだな。この世の道理が、そうした者たちを排除してきた、ということは考えられる。彼らの生存の意志よりも、そうした特権階級の存在を認めないというこの世の道理、民衆の総意がまさったのだ、と」

「なるほど」

「あるいは」とわたしは続けた。「使命に忠実だった彼らは、そうした危険性を自ら排除した、システムの完成度を高めるために自らこの世から身を引いたのだ、という見方もできる。本来ここに入らずに外で死ぬべきだったのだ、とも考えられる。しかし中に入ってみなければ、システムの出来具合を検証することはできないわけだし、難しい問題だ」

「それは興野博士にぜひともしてみたい質問だな」と美方。「一息いれましょう。お茶はいかがですか。それとも食事にしましょうか。近くにうまいカツ丼を食わせる行きつけの店がある」

「いや、腹は減っていない」

「ちょっと刺激が強すぎましたかね」

「行こう」

「覚悟はいいですか」

美方はわたしを見上げながら訊いた。わたしは無言で立つことで、それに答えている。

美方の愛車のエンジンは一発でかかった。興野とは面会の約束を取り付けてあるとのことで、クルマは郊外を目指す。永生発酵株式会社、エイセイ生命科学研究所というわけだ。

「興野は犯行を認めているのか」とわたしは訊いた。「自供はしていないようだが、自分のせいだということを、言外には臭わせたのだろう。だからこうして事情聴取に向かっているのではないのかね」

「まあ、そうです。でも、犯行、つまり犯罪行為ということでは認めていないし、認めるかどうかも微妙だ。犯意のない行為は罰することはできない。自分のせいだと認めても、犯意がないとなれば、過失ということになる」

「だがその過失責任はすでに、この世の責任ではない。だからこの世の法律では裁けない、ということか」

「過失なら損害賠償請求ができるわけですが、メタ損害については、だれが請求者になるのかが問題だ。メタ犯罪を取り締まるメタ法律というものがないから、難しいことになる。過失ではなく故意ならば、それは犯罪です。牧場主を故意に殺したというのならね。未必の故意であっても、です。わたしはその線を狙っている。しかしあくまでも犯意を否定した場合は面倒だ。こちらはそれが彼にあったことを立証しなくてはならない。それはメタ犯罪であろうとこの世の犯罪であろうと同じですが、この世の法律で処理できるように追い込みたい。逮捕ができなければ措置入院だ。狂っているという判定を下すことは可能です」

「興野はどういうことを認めているのだ」

「牛が人間を餌と認識してそれを食うという行為、人間の脳味噌が消失した結果死亡する現象、人が猫を産むということ、それらは自分のやっている実験に関係があるかもしれない、ということは認めた。超生システムにおける、情報伝達媒体の問題なのだ、という」

「どういうことなんだ」

「詳しくは着いてからですが、われわれが生きている環境は、あまりに清浄すぎるのが問題なのだ、と言った」

「少しは異常なほうがいいというのか」

「ああ、その正常でなくて、清潔という意味の、清浄、です。わたしも聴かされたときに間違えた。きれいすぎる、それが問題なのだ、自分はその問題を打開するための研究をしている、と興野は電話口で言った。それを話してもいいから、いつでも来い、と」

「清浄にこしたことはなかろうに。食中毒騒ぎがここにはないのはありがたい。超生システムに入る前は、ひどい環境だったからな。汚染された食物と下痢との闘いだった」

「あまり思い出したくないことではある」

美方はうなずき、アクセルをいちだんと踏み込み、研究所に急いだ。興野という男は逃亡しようとしているとは思えないが、それを恐れているかのような美方の態度だった。わたしはもうなにも言わず、美方の運転に身を任せた。

　クルマは山麓線を走り、民家がまばらになる。エイセイ生命科学研究所は木立に囲まれた閑静な一角にあった。門があって、その守衛に、興野博士に来訪を伝えてくれと美方が刑事らしく有無を言わせぬ態度で言うと、さほど待たされずに通された。敷地はけっこう広く、建物は陸屋根の二階建てだ。美方は来客用の駐車スペースに停めて、わたしに待つように言い、クルマを降りると、玄関に消えた。出てきたときは、白衣を着た男といっしょだった。長身のそいつが興野だろう。美方はクルマに戻ってきて、後部席に積んできた例の段ボール箱を出して抱える。

「いざとなったら、この事件簿の確保をお願いします、先生」と美方はわたしにささやいた。「もし彼が逃走するとなったら、わたしは追わなくてはならないが、この書類は貴重品ですので、先生に預けます」

「まずその心配はないだろうが、わかった」

「本来、先生のような民間人にお願いすることではないのですが」

「乗りかかった船だ。彼の弁明をじっくり聴こうではないか」

「通常の事件の範疇で処理できるよう、祈ってますよ。行きましょう」

　玄関前で紹介された興野という男は気さくな態度で、なんだか初めて会ったという気がしない。刑事の来訪を警戒しているようには見えなかった。わたしとは違う意味で浮世離れした印象があり、わたしはといえばまったくの小市民だ、と思った。興野は、なぜわたしが刑事と同行しているのか、ということは尋ねなかった。

「嘉見教授、お会いできて光栄です」と興野は言った。「ご著書は読んでおります。感銘を受けました。現役の教授でいらっしゃるとは嬉しいかぎりだ。われわれが頑張らないとね、みんな馬鹿になっていく世の中ですから」

建物に入りながら、みんな馬鹿になっていくとはどういうことか、とわたしは訊いた。

「自分の頭では考えなくなっている、ということです。あなたも教師の立場で実感されておられるかと思いますが」

「そうですな。しかし出来のいい学生というのは今も昔もごくわずかだ」

中は病院のような雰囲気だ。

「でしょうね」と興野はうなずいた。「ですが、いまはね、本当の頭を持った者が少なくなっているのです」

「詳しく聴きたいな」と美方はすかさず言った。「脳がない人間についての博士の解釈などを、ぜひ拝聴したい」

「承知しました。わたしの部屋にどうぞ」

渡り廊下を通り、興野は別棟の、自分のオフィスに案内した。けっこうな地位にいるのだろう、その部屋には応接セットがあって、美方とわたしはそのソファに落ち着いた。

コーヒーでも、という親切を美方は断り、さっそくだがと言って、わたしに見せたビデオを、オフィスにある装置で再生する。興野は興味深そうに、美方の説明を聴きながら見た。

美方聖は、わたしにやったように、段ボール箱の中の資料を使って、詳しく説明した。興野唯義はわたしとは異なりほとんど質問はせず、口を挟まずに、美方の考えを聴いていた。美方は、少年犯罪の事例を最後に持ってきて、説明を終える。

「以上、世にも不可思議な事件について、博士のお考えをぜひ聴きたい」

「そうですね」と興野はしばらく考えて、それから、言った。「これらは超生システムがまったくうまく正しく機能している、ということを示す事例だ、とわたしは思います」

「人間の脳が消失するということが、正しい超生システムの機能だというのか」と美方の言葉遣いは刑事のものになっている。「なぜそう確信を持って言えるのか、それを聴きたい。あなたの仕業なのかどうか、ということだ。返答は慎重に願いたい。あなたの発言は、嘉見先生に証人になってもらい、証拠として扱いたい」

「逮捕された覚えはないが、それはともかくわたしには黙秘権がある、ということかな」

「そうだ。もし――」

「いや、あなたの危惧は理解できます。わたしの考えは包み隠さず、すべてお話ししましょう。まず、その脳がなかった死体の、その頭の中味は保存されていますか。脳はなかったにしても、空気が詰まっていたわけではないでしょう。どんな状態でしたか」

「透明な液体が流れ出たと記憶している」

「それを採取しましたか」

「いや、しなかったと思う。していたら、なにがわかったというのだ」

「微生物、バクテリア、ウイルス、または感染性のタンパク質であるプリオンなどが検出された可能性はある。脳を融かした原因子です。それは、わたしの研究から生じ、派生したものである可能性は高い。保存されていないのはなんとも惜しい、としか言いようがない」

「あなたは」とわたしは訊いた。「つまり、ウイルスなどを人工的に作り出す研究をされている、というのですか」

「ひとことで言ってしまえば、そうです」

「目的は」と美方。「まさか兵器でもあるまい」

「わたしの研究は、生体における情報伝達媒体に関するものです。超生システムに入る前からの、いわばライフワークだ。そのきっかけとなったのは、超生システムに入る前に関わっていた、ある製薬企業の、アンドロイド製造プロジェクトでした。人体とまったく同じものを遺伝子レベルから人工的に作ってみる、というプロジェクトです。しかしそれはうまくいかなかった。時間さえ許せば、できたと思う。だが、それより先に、人類は絶滅の危機に陥ったので、それどころではなくなった、というのが真相です」

「人体とまったく同じなら、それは人間だ」とわたしは言った。「そんなものを作ることは道義上許されることではない」

「完成していれば、そうした議論はなされたことでしょう」

「研究前の段階で論議がなされるべきなのだ」とわたし。「勝手に――」

「過ぎたことです、いまはね」と興野は落ち着いた口調で言った。「しかし、人体だけを作ってもうまくいかないだろう、というのは当時から予想されていた。ファーストキッスが必要だ、と」

「なんだ、それ」と美方。

「文字どおり、最初のキス、肉体的な最初の接触のことを、そう表現したのです。まあ、文学的なものですが、その意味は、人工のまったくの無菌状態のそれを、この世の細菌環境にさらす、ということです。たとえばね、虫歯菌を持った母親の子供は、その菌を移されて虫歯体質を受け継ぐ。その菌を持っていない母親の子供は、虫歯にならない確率が高い。腸には消化を助ける細菌が必要だし、それを殺さないよう、また、それらの細菌の繁殖を助けるための食物摂取が必要だ。ところが人造人間は、それらをまったく持っていない。それでは生存できない。胎児のときに母親から受け継ぐ免疫、あるいは初乳に含まれるそれらも、持っていない。それらを与えること、それを儀式的に表現して、ファーストトキッス、と言ったのです」

「あなたは、ここでも同じようなことをしていると美方くんから聴いたが」とわたしは言った。「それは道義上、この世でも許されないことだ。もう過去のこと、とあなたはおっしゃったが、それは違う」

「ここでのわたしの目的は、過去のそのプロジェクトが目指した目的とは異なる。過去のそれは、人体では道義上やってはならない薬理効果などの実験を製造したアンドロイドに対して行う、というものだった。それに対して、ここでのアンドロイドの研究は、それが造れるかどうかということ自体が問題とされている。それが可能かどうかを確認することが目的なのです。それは超生システムにおいては実に重要なことなのだ、とわたしは判断し、それで研究を始めたのです」

「その製造に成功したら」と美方は言った。「彼らの人権を認めなくてはなるまい。そんなややこしい世の中にする必要がどこに――」

「アンドロイドはここではうまく実現できないのですよ。超生システム内では」と興野は言った。「それは重大な問題を示唆しているとわたしは思った」

「どういう問題ですか」とわたしは訊いた。「技術上のことなのかな」

「ある意味ではね」と興野は答えた。「美方さんが言うところの、メタ次元での問題です。アンドロイドがここでうまく造れないのは、それを実現するための要素が、この世では欠けているためです。つまり、超生システム内には細菌やウイルスが能動的に再現されていないという事実が、それを不可能にしている。ようするに、ファーストキッスは、ここでは意味を持たない。それが問題だ、ということです」

「この世でアンドロイドが実現するときは、超生システムにおいてシステム外の細菌環境がうまく再現されるときだ、ということですな」とわたしは言った。「アンドロイドはその様子を見るための計器のようなものだと」

「そう、まさに、そのとおりです」と興野は答えた。「細菌の作用の再現ではなく、細菌の存在そのものを再現しなくてはならない。現在の超生システムでは、細菌は受動的にしか再現されない。幻想にすぎないのだ。ようするにこの世では実体がない。超生システムにそうした要素がないのは、設計時にそれが注意深く排除されたためではなく、その必要性が軽視されたためだ。どちらでもたいした違いはないと判断された。たとえば現在でもインフルエンザに罹ることはあります。咳と高熱に苦しめられ、下手をすれば死に至る。しかし、それはそうした症状が再現されているだけであって、インフルエンザウイルスそのものが再現されているからではない。それでも見た目には、両者は同じです。ワクチンを製造する手法も、両者の場合で差違はない。ウイルスが存在したらどういうことが起きるか、ということをまったくうまくこの世は再現している。ですが本当は、この世にはウイルスはいないのです。まったく清浄な環境なのです。しかし必要ならば、いつでもウイルスという要素を独立した能動的な存在としてこの世に再現し組み込むことは可能です。実際にわたしはそれをやっている」

「人体にとって危険な、未知の病原体も生まれる素地をあなたは作りたい、というようにとれる」

「マイナス面に目を向ければ、危険なことに思えるのは無理はない、そうした疑念が生じるであろうことはわたしも承知しております、嘉見先生。しかし、それは超生システム内の現実を維持していく上で必要なことなのだ。大腸菌などのＤＮＡ配列が解明されているものは、簡単に造れる。言ってみればそれもアンドロイドの身体の一部であるという見方もできるのであって――」

「なにもかも超生システムの中に再現する必要はない」と美方は興野の言葉を遮って言った。「可能なことをすべて欲望や好奇心のままに実現するのは間違っている。そもそもアンドロイドが実現不可能でも、この世の人間にとってはなんら不利益にはならない。現状でもなにも問題はないだろう。なぜそんな危険なことをやらなくてはならないのだ」

「超生システム内、すなわちここ仮想空間内においても、進化を可能にするため、だ。現状のままでは、やがて超生システムは内部から崩壊する。熱的な死を迎える、ということだ。早急に手を打つ必要があるのだ」

興野博士はわたしたちを交互に見て、そして、気がつかないのか、と、驚くべきことを言った。

「気がつかないのか、ふたりとも。いま、ここで真に生きているのは、われわれだけ、われわれ三人だけだ、ということに」

わたしはその興野の言葉に生理的な寒気を、恐怖を、感じた。実際に身震いが出ている。言葉というのは強力な情報伝達媒体だ、と興野の専門分野について考えていたわたしは心底、そう感じた。

真に生きているのは三人しかいない、ということを信じるとすれば、わたしの学生たち、学内の同僚たちを始め、バス停に並ぶ他人や道行く人人、目にするそれらすべての人間たちには元になる実体がない、ということだ。それは超生システムによってシミュレートされた幻影にすぎない、みな幽霊だ、ということを興野は言っているのだ。それを敷衍すると、いまこうして対峙している興野という男には実体があるのか、その意識は本物か、という疑念もわく。

しかし、とわたしはこう思うことで落ち着きを取り戻す、相手の意識がどこに宿っているか、本当に意識があるのか、ということに関しては、肉体があろうと、それがなくて人工の情報システムによって生じさせられているものであろうと、こうしてコミュニケーションが可能だ、という以上のことはわからないのだ。それは超生システムという環境に関係なく、いつでもどこであろうと、普遍的な事実だ。したがって、興野の言葉に対しては、こう言うしかあるまい、それがどうした、と。

美方聖はといえば、なにを言い出すかと思えばなどと言ってあきれたり、相手の精神はおかしいと警戒するような様子も見せなかった。ただポケットから煙草を取り出して黙って火を着けただけだ。興野の言葉はぜんぜん意外ではない、という態度で、それはようするに美方自身も気づいていたことなのだ、とわたしは悟った。この事件の容疑者は三人しかいないとこの刑事が言ったとき、彼はおそらく興野と同じ思いを抱いていたのだろう。

「あなたは」と美方は冷静に問うた。「それをこの世の手段によって証明することができますか」

「メタルールを使わないかぎり、それは原理的に不可能だ。わたしはメタルールにアクセスしてその事実を知った」と興野は答えた。「しかし、この世においても状況からそれを推測することはできる」

「たとえば」

「そう、きみが持ってきた、秋刀魚の開きのように解体された死体は、システムが人間の意識や感情をうまく反映できなかったためだ、と解釈することができる。その元になっているのは本来すでに死亡している当人の過去のデータであって、死人からはリアルタイムの意識データが得られないために、突飛なものになったのだ。おそらくこうしたことは頻繁に起きているはずだ。脳のない死体についても、そうした解釈は可能だ」

「いいや、それらはあなたの実験のせいだ、とわたしは疑っている」美方は煙を吐き出して言った。「それを承知のあなたは、真に生きているのはわれわれだけだ、と言って、捜査の目をそらせようとしているのではないか。三人しかいない云云は、事件の本質とは関係ない」

「動機にはなる」とわたしは言った。「仮想空間内で進化を実現したいならば、架空ではない、生のデータが必要なのだろう。生のデータを生むのが三人しかいない、というのは重大な問題になる。そういうことなのかな、博士」

「わたしは人類の英知を結集して実現された超生システムというものの完成度を高めたいのだ。それができる能力を持ったものといえば、いまや三人しかいない。わたしは、われわれがこの世から消えた後も、超生システムを内部から駆動し、存在させ続けたい。それはこの世の人間の幸福を保証することでもある。彼らはもはや真の肉体は持たないが、しかしこの世で存在し、生きているのはまぎれもない事実なのだ。この世においては、彼らとわれわれとを区別するものはなにもない。そうでしょう、嘉見教授」

「たしかにね」とわたしはうなずく。「彼らの幸福は、われわれのものでもある。他人の幸せは自分のものでもある、という哲理に通じるものだ」

「それには、細菌などを造ることが必要だというわけか」と美方は煙草をもみ消す。「多少の犠牲はやむを得ない、と思ってのことかな。あなたはこの世の人間はたしかに生きている、ということは認めた。ならば、殺せば殺人だ、ということも認めるでしょうな」

「それよりもまず」とわたしは口を挟んだ。「細菌を人工的に生み出すことがこの世を救うことになる、という考えについて訊くというものだろう。現状のままではシステムは死ぬ、とは、どういうことなのですか」

「意識や知性や進化とはなにかというのはあなたの専門だが」と興野は言った。「工学的なわたしの立場から言えるのは、それは、情報伝達媒体なしには決して実現しない、ということだ。平たく言えば、コミュニケーション手段を持っていることが不可欠なのだ。宇宙の真理を究めた天才がいたとしても、それを他者に伝える手段を持たないとすれば、それに意識があるとは言えないし、そうしたものは知性ではない。むろん進化もしない。ところが生物というのはどんな原始的なレベルのそれでも、そうした手段を持っている。他者との関係があればこそ、生命は実現可能なのだ。それはいまの環境でも言えることだ」

「たとえば」と美方が訊く。

「たとえば」とわたしが答える。「いまの人間たちはたとえ仮想的な存在であろうと、それが消失したりせずに生きていられるのは、他人の思考、意識、知性、感情などの働きかけがあるためだ。それらに支えられて存在しているということだよ。真の肉体があるかどうかは関係ない。実在というのは、そうした環境との関係中に実現しているものであって、個にこもっているなにかではない、という考え方だ。そうした思想背景があればこそ超生システムというものが実現されたのだ」

「哲理上の思想はさておき」と興野は続けた。「生物はさまざまなそうした手段を生み出してきた。遺伝子のシャッフルというのもその一つだ。組み替えやら交差やら、有性生殖はうまく効率的にそれをやるが、ある種のウイルスもその役割を果たす。わたしは、そもそもウイルスというものは、生物が、より広範囲の情報交換を可能にするために自ら生み出したものだろう、と思う。体外に飛び出して遺伝子シャッフルを狙う。それを生み出した種には実に有効に働くが、種を越えて感染する場合もあり、それは危険なことになりかねない。予想もされなかったそうした感染が突然発生する事態をかつてエマージングウイルスと言った。ウイルスだけではない、プリオンによるそれも、そう表現した。危険な状況だが、しかし、情報交換環境がうまく機能していればこそ、そうした事態が起きるのだ、と言える。進化もそれによって効率的に実現される。それは健全な生命界のコミュニケーション手段なのだ」

「エマージングウイルス、か」美方は深呼吸をして、言った。「牛が人を食うのも、そういう病気に罹ったためだ、と解釈しろということか。しかも、あなたは、それが正常だという」

「エマージングウイルスが発見できれば、それは素晴らしいことだ。この世の牛は、その危険から自己を護るために進化する。エマージングウィルス自体も進化、変容するだろう。それはこの世では実在するのだからね。もしそうでなければ、そうした不可思議な事態は、状態だけが再現されているのであって、ランダムに、なんら方向性を持たずに出現しているにすぎない。それなら、やがてはランダムの度合いが増していき、この世の現象はなんら意味を持たなくなるだろう。なんでもありになってしまう。牛であろうと人間であろうと、互いを関係させるさまざまな手段なしでは、やがてはそうなる。それを阻止する一つの手段が、できるだけ多くのウィルス、細菌、といった情報伝達媒体をこの世でせっせと造ることなのだ」

「あなたはそれに成功した、ということは認めるか」

「まだ途上にすぎないが、こうした事例をみると、うまくいっているように思える。確認する手段はある」

「どうやってだ。牛の軀から食性を変化させているそうしたウィルスを検出してみろ、とでも言うのか」

「来たまえ」と興野は美方に言い、ドアに向かった。「いま製造中のアンドロイドが指標になる。ファーストキッスをしてみようではないか。うまくいけば、それは生存可能状態になる。しばらくたってみないと確認はできないが、うまくいくかどうか、わくわくするな」

興野に案内されたそこは、予想より簡素で、予算のあまりない大学の実験室に手が生えた程度の部屋だった。その片隅に、しかしなんとも幻想的な、それがあった。

横置きの透明なカプセルに収められた、完全な、いや完璧な、と表現してもいいだろう、人体が眠っていた。女性だ。美しい。全身にチューブが接続されているのは、おそらくあの世のわたしの肉体にされている処置と似たようなものだろうと思われたが、しかしここにいるそのアンドロイドの完璧な美しさは、自分にはないものだ。この世のものとは思えなかった。

それからわたしが見た光景は、マッドサイエンティストものの映画を彷彿とさせるものだった。興野がカプセルの制御パネルを操作するとカプセルが開いた。流れ出る液体は羊水を連想させたが、それにかまわず興野は身をかがめて、その女に文字どおり口づけした。狂おしく。ファーストキッス。

見てはならないものを見せられている気がした。それはおそろしく淫らなこと、犯罪行為、美への冒瀆、あるいは他人の性行為をのぞき見しているような感覚だった。目をそらすことができない。それを見透かしたように、興野は、やりたいだろう、とわたしと美方を見ながら、言った。薄笑いを浮かべて。美方は段ボール箱を抱えていたが、それを抱えなおす気配があった。わたしは後ずさった。アンドロイドが目を開き、わたしを見つめていた。口を薄く開いて、わたしを誘うように。

「また来るからな、興野」

美方が言って、部屋を出る。この機会を逃すと二度とまともな世界に帰ることはできなくなりそうな気がしたわたしは、視線をそらし、回れ右をして、美方を追った。興野の哄笑。

表に出る。だれにも出会わなかった。美方は箱を乱暴に後部席に投げ入れると、プジョーのエンジンキーを回した。スターターは回るが、エンジンはかからない。くそ、と毒づいてダッシュボードを叩くが、始動する気配がない。

運転席のシートの背に体重を預けて、美方は煙草をくわえ、クルマのシガーライターで火を着けた。

「今度はなんだ」煙を吐き出して、美方は言った。「メインリレーは交換したばかりだが、コンピュータか」

「このまま帰るのかね」

「エンジンがかかればね」

「きみはいまの出来事をどのように解釈したのだ」とわたしは訊いた。「なにもしないのか」

「やりますよ、やるべきことがはっきりしてきたのだから」

美方は煙草を灰皿でもみ消し、ボンネットフードのリリースレバーを引いて、クルマを降りた。わたしも付き合う。

「興野をどうするのか、きみの考えを聞きたい。精神異常として扱うのか、それとも放っておくのか」

美方はプジョーのエンジンルームのあちこちのコードを調べながら、「逮捕に持っていきたい」と答えた。

「どうやって」とわたし。

「興野は、犠牲者が出てもかまわないと思っているのはたしかだ。新種のウイルスが発見できれば、その線からたどって彼の仕業だということを立証できる」

「それは途方もない作業になるだろう」

「しかし、それしかない。捜査というのはそういうものなのです、先生」

「この世にはウイルスはいない、と興野は言っている。それが正しいとすれば、この世でウイルスや細菌を研究している者はいったいなにを対象にしているのか、ということを考えなくてはならない。この世では細菌培養も可能だし、光学顕微鏡や電子顕微鏡でもそれらを捉えることはできるが、ではそれは、なにを意味しているのか、というメタレベルでの問題をきみは解決しなくてはなるまい」

美方はハンカチを取り出して汚れた手を拭きながら、無言で考えている。わたしは学生に口頭試問するような気分で続けた。

「興野は、それは単にそうした現象の再現であって、細菌の実体はない、という。実体のあるものを興野は作ったということを信じるならば、実体のない現象としての細菌と、彼が作ったというそれとを、どうやって見分ければいいのかね。きみは、どう思う」

「たぶん、区別する方法はひとつだ」

「興野のアンドロイドか」

「そう。あれはまったく人工的な存在だ。意識は持たない。能動的に存在し続けることは、興野の言うように、できない。もしあれが反応を示す細菌やウィルスがあれば、それらが実体を持ってアンドロイドに干渉しているということでしょう」

「それはどうかな」とわたしは言った。「あのアンドロイドには意識がない、とは言い切れない。意識を持てば、実体のない細菌感染にも反応を示すだろう。あれは指標にはならないよ、美方くん。だいいち、あのアンドロイドは、興野が創った幻影なのかもしれないのだ。顕微鏡下に見える細菌と同じように、実体のないイリュージョンをわたしらは見せられただけだ、とも考えられるのだ。メタルールを考慮すれば、そうなる」

「興野は今回、自分の研究でヒトが死ぬこともあるということを認めた。だからこのまま放置するつもりはない。メタルールに関わることなので捜査が困難なこともわかっています。どこから手をつけていいかわからない、というのが本音です」と美方は言った。「しかし、ひとつ確かなのは、興野はメタ犯罪はやっていない、ということだ。あの世からこの世に干渉したわけではない。メタ次元での犯行ではないとなれば、この世の手段で解決できる、はずだ。先生の協力をこれからもお願いしたい」

「おそらく興野は、メタ次元からやろうとしたのだと思う」とわたしは言った。「そのほうが確実にやれる。そうしなかったのは、やろうとしても、できなかったからだろう。おそらく、あの世の肉体はもはやカプセルからは出られないのだろう」

「もうかなりの高齢だし、もしかしたら、肉体は死んでいるかもしれないですね。それはわたしらにも言えることではある。生き残りは三人どころか、一人もいないのかもしれない」

「それを確かめたいとは思わないかね」

「先生は、確かめてみたいですか」

「興野がメタルールにアクセスしたという、その方法に興味がある。それは、いわば神の世界との交信手段だからね」

美方は窓から手を運転席に入れてエンジンキーを回すが、かからない。

「それがわかったら、どうなるというのです」

「あの世があるということが確認できる。生きているうちに記録しておきたい、という欲求だ。ま、もともとわれわれはあの世から入ってきたわけだが、そうした記憶はやがてこの世から消えていくだろう。そうした将来、この世で生まれた学者は、すべてを突き詰めていくとメタ次元の存在を信じるしかない、という結論に達するかもしれない。それは、超生システムなどない世界でも同じことなのだ。わたしはいま、それを実際に確認できる立場にいるのだから、やってみたい、ということだ」

「先生はオカルト研究家になりますよ、それでは。メタ次元のことは、この世では学問対象として認められないでしょうから」

過去の高名な哲学者や物理学者が、それまでの輝かしい業績を投げ捨ててオカルト研究家になった例は多い。いまのわたしは、彼らの境地が実によくわかる。そうだ、今度の授業では予定を変えて、そうした人物がなにを感じていたかを講義してやろう。

「わたしにやらせてくれ」

「オカルトですか」

「エンジンだ」

わたしはプジョーの運転席について、キーを回す。かかれ、と念じながら。十秒ほどずつ、一度、二度。三度目にかかった。

「今度から、エンジンがかからないときは先生を呼ぶことにします」

美方はエンジンフードをもどして、そう言った。運転席を美方に譲る。走り始めると、咳が出た。風邪をひいたかもしれない。原因菌はなんだろう、とわたしは思った。

小指の先の天使

陽炎の立つ朝の空気の底の景色は、まるで調整の悪い受像機の画面のように笑っているかのようだ。そのなかを、ゆらゆらと、近づいてくる者がいる。遠くのその姿はまるでノイズかゴーストのように頼りなく、だれなのかよくわからない。

クリーム色の空と、それよりも少し濃い大地、荒れた世界。わたしの目には空はポタージュスープのように見える。うまそうだ。太陽は輪切りの人参のよう。岩山は乾いたチョコレートだ。みんな細かい砂塵にかすんでいると思うと空も粉っぽく感じられる。スープは消えて、空腹感だけが残ってしまう。

それでもこの中間色の景色はなんともやさしい。濃く淡く、調合された絵の具の微粒子が立体像を生み出しているかのようだ。トウモロコシの粉で描かれていればいいのに。やさしく微妙な色合いで想像を広げてくれる絵も、しかし食うことはできない。腹は文句をいう。頭はしぶしぶそれを認めつつ、やさしい色を楽しんで、顔に微笑を浮かべさせるのだ。

この風景のなかを歩いてくる者がいる。顔が見分けられるほどにまで近づくと、ぴたりとチューニングが合ったようにその者はもう他のだれにもなれない。幽霊でも錯覚でもなく、女でもなく、知らない男でもなく、たしかな実体と名をもった、いつもの少年だ。これほどはっきりしているのにその顔が他人になったのなら、わたしは自分の頭を疑わなくてはならない。

ほんの少し、疑ったのだが。その少年がこんな時間にやってくるのは初めてだったからだ。

わたしは景色の色合いを楽しむのをやめて腰を上げ、少年を迎えた。黒衣の埃を払って。少年は白いフードつきのマントを着け、腰にはチタンの短剣を帯びていて、それは村の代表としてわたしに会いにきたことを示していたので、こちらとしてもそれなりの威厳をもって出迎えるのが筋というものだと感じたからだ。わたしには威厳を保証してくれる力などもはやなかったのだが。

そう、もうないのだ。しかし村には、まだわたしの立場を記憶している老人がいるのだろう。いまのわたしは、夕暮れに村へ行き、食物をめぐんでもらってかろうじて生きているにすぎないというのに。そんな姿を見ていてもなお、わたしにはいざとなれば村人の困難を救う力があると信じている、かつてそれを目のあたりにした者たちが、この少年を正式な村の使者としてわたしのもとに送り出したのだ。

色の粒子のひとつぶもついていないような純白のマントの下は、いつもの生成の木綿のシャツとズボン姿のようだが、今朝はそれも洗いたてで、歩いてきた汗がしみこんでいるだけに違いなかった。いつもは素足だったが、いまは革の、たぶんイノシシの皮で作られた、ブーツをはいていた。

少年は砂埃を立てて足を止めると、わたしに初めて会うかのように、ひざまずいた。左手を剣の上において、せいいっぱい、うやうやしく。きっと特訓されたものに違いなくて、動きはぎこちない。

顔を地面に向けて「えーと」と小さな声で言ってから、少年は、まずかったかなという表情でちらりと上目づかいでわたしを見たが、わたしは気がつかないふりをしてやった。

少年は軽く咳払いをして、それから、忘れないうちに吐き出してしまおうというのがわかる一本調子で言った。

「二つの世界を隔てる境界の門を守る黒衣の門番にして、機械をつかわし大地をなだめる鍵をもつ偉大なる黒衣の鍵使い師、無限なる広がりにいて苦痛なく身体なく心のみもつ聖なる世界と通じてわれらによき知を与えてくれる知恵者にして交感師、怒りを鎮め、哀れみをもちてわれらが願いをかなえたまえ」

「フム」

　よく言えた、とわたしはうなずいた。わたしの記憶にあるものはもっと文語調だが、言葉は変わるものであり、しかし内容にはたいした違いはない。

「フムフム」わたしは感心した。こんな言葉がまだ消えずに残っていたとはな。「フウム」

　少年は顔を上げて、しばらく黙ってわたしを見つめていた。

「……先を忘れたのか、亜具留（アグル）？」

「忘れたのか、じゃないでしょう。あなたの番です。『してなにが望みじゃ』とかなんとか、言わなくちゃ。言ったことにします。あー、神殿に実るあれをわれらに与えたまえ」

「まあ、待て」

「まずかったですか？　どうも聞いてきたのと話が違うな」

「わかった、わかった。で、おまえたちはなにを差し出す。処女の生き血か」

「なんです、それ？」

「だろうな。ちょっと言ってみただけだ。まだ生まれぬ、女の腹の中にいる子供か。いちばんたくましく生きている者の頭か」

「ぼくを使ってください。交感師、由宇仁（ユウジン）」

「おまえを？　村人はおまえを差し出すというのか」

「いけませんか？　弟子にしてもらおうと思って、ぼくが行くと言ったんです。だれも反対しなかった」

「それはそうだろう」

「さすがですね」明るい笑顔で亜具留が言った。「なんでも御存知だ」

「たらふく食べさせてもらえたことだろうな。おまえの両親は一生食うにはこまらん。おまえを差し出したのだから。もっとも、わたしが村人にとって善き力を出せばの話だが」

「もちろん、そうなりますよ。ね？　そしてぼくはあなたのあとを継ぎます」

「おまえが？　大きすぎる。食うには小さすぎる。肥えたところでたいしてかわらんが、食ってもいい。剣を渡せ。その剣だ」

亜具留は左手をおいた剣を見下ろして、初めて不安そうな表情になった。

「……冗談ですよね」

「わたしに力があれば、それくらい要求して当然だ。老人たちは知っていたことだろうな。おまえを勇気ある者としてたたえたはずだ。おまえの親の年代でも覚えている者がいるだろう。おまえはわたしをなんだと思っていたんだ？」

ときたま村にやってくる黒衣の乞食(こつじき)というだけではあるまい。魔法使いかなにかだと思ったのかもしれない。おそらくそうだろう。初めて亜具留に気をとめたときのことをこちらは覚えていないが、子供のころ、いまでもまだ子供だが、もう少し幼いころ、わたしは亜具留の怪我を治してやったことがあるそうだ。本人が言うのだから間違いあるまい。ささいな傷だったに違いない。だからわたしも覚えていないが、見当はつく。呪文で治したわけではない。それに近いかもしれないが。

わたしは幼い亜具留にもわかるように、こんなふうに諭したに違いない。つまりだ、痛みというのは傷が痛むわけではない、頭でそう感じるから痛むのだ。傷口自体は痛くない。傷ついたという情報が発生するにすぎない。その情報は頭に伝わって初めて痛みとなる。だから伝わらないようにすればよい。

そんなことはできないと亜具留は言ったことだろう。もっともだ。しかしちょっとしたコツをつかめば、できるようになる。たいした傷ではないのだから放っておけば治る。問題は痛みだけだ。痛みは頭で感ずるのだから、感じなくするのも頭でできる。指を傷に触れて、痛みの信号が頭に伝わらないよう、その指に向かって流れるようにと祈ってから、その痛みをためた指先を地面に向けて振れば、痛みは地面に落ちて死んでしまう。それを痛みが薄れるまで繰り返せ。

実際にわたしはそうやって多くの村人たちの苦痛をやわらげていたから、そのときも亜具留にしてやったのだろう。そしておそらく劇的に効いたに違いない。亜具留が素直というか単純にというか、わたしを信じたからだ。信じる者は救われる。おまじないがよく効く。

痛みに実体などないのだ。正確ではないにせよ、そう信じると、痛みは薄らぐ。痛みには実体はなく、痛いのは現実だとしても、実体は傷ついた肉体であり興奮した神経が発する痛み信号用物質であり、それを感ずる頭があるだけだ。おまじないも頭に働きかけるものなので、感じれば効く。当然だ。おまじないの効果も、痛みも、頭にとっては同じものなのだ。

ともかく、亜具留はわたしを尊敬するようになった。十四、五歳だろう。去年あたりからときどきやってくるようになった。魔法使いになりたいというのが動機かもしれない。大きな怪我などしなかったのでその後わたしが彼に術を使う機会はなかったが。

「なんだと思っていたんだ」

わたしは再び訊いた。亜具留は、わたしが彼を食う、と言ったのがよほどこたえたらしい。村人が、わたしがそうして当然だと思っていたらしいこと、亜具留自身はまさかわが身がそんな危うい状態になるなどとは思いつきもしなかったという、それがショックだったのだろう。

「知らぬが仏とはよく言ったものだ」

亜具留は黙っていたので、ため息まじりにそう言ってやった。

「おまえは仏だよ、亜具留。なんにも心わずらわされずにやってきたんだからな」

「……意味がわかりません、由宇仁。仏って、なんです。馬鹿ということですか」

「怒っているのか？　仏などという言葉はいまはないだろうな。なんにも知らなければばしあわせだということだ」

「ぼくは馬鹿だった。知ってたら来なかった」

「ま、世の中、知らないことは多い。知っている者は知らない者を利用する。そして滅びたりする」

「何人の馬鹿を食べたんです、由宇仁」

「一人も。ぜんぜん。人肉は口にしたことがない。それがあたりまえだったときも」

「でも長老とか、昔の人たちは、知っていたんでしょう。あなたがそうしたって。いまだって、この剣でぼくを殺すつもりなんだ。冗談じゃないって、言ったじゃないですか。だから長生きしているんですね。爺さんのそのまた爺さんのときから、あなたはここにいたんだから」

「この身体のわたしではない。黒衣の番人だ。その代代の記憶はある。どれが自分の代のものか、いまではあいまいだが。話したことがあるだろう？」

「ええ、まあ。でも――」

「面白い物語だったろう」

「嘘だったんですか」

「なんとまあ、嘘だったか、だって？　物語なら嘘なのか」

「だって、由宇仁、ぼくは食べられるなんて、聞いてなかったし、それは嘘ですよね？」

「ものを語るというのは、頭の中の様子を外に出すということだよ。それを聞くというのは、その様子を知ることであって、嘘も本当もないんだ。わかるのは語り手の頭の様子だけなんだよ。本当のことを言っていると聞き手が感じるとすれば、たまたま語り手の頭の中と外の現実とが一致していた、というそれだけのことだ。言葉や物語には嘘も本当もない。語り手がいて、その頭の様子はこうだった、ということが知られるにすぎないんだ」

「じゃあ、やっぱり嘘なんだ」

「わからんやつだな」

と言ってから、わたしは力むのをやめ、少年の頭の様子を、その言い方から悟った。食うという話題に触れたくないのだ。ま、当然だろう。なにやらわけのわからない話題にしておけば、わたしが食うことを忘れるかもしれないと思ったのかもしれない。わたしに物語をさせつづけるかぎり、食われる心配はない、とでもいうように。

「嘘じゃない。だが本当でもない。物語があるだけだ。頭の数だけな。それは本当だ。気が変わると物語も変わる。おまえを食う話とか」

「それ、やめましょうよ」

「そうだな」わたしはうなずいた。「どのみち、わたしにはもう力はない。語ることはできるが」

亜具留はほっとした様子で、ひざまずくのをやめて立ち上がった。

「ぼくを弟子にしてくれますよね」

「なんの弟子だ？　黒衣の門番にはなれん。おまえは大きく育ちすぎているからな。それに、いまのわたしは門番ではないんだ」

「どうしてですか」

「村の人たちを納得させるのは難しいかもしれん。おまえはうまく伝えられるかな？」

「わかりません、そんなこと、理由をあなたから聞かされていないもの」

「もっともだ。聞く気はあるか？　このまま帰ってもいい。生きて帰ったおまえを見れば、長老クラスの昔の人間は、わたしが力を失ったのだと思うかもしれない。おまえでは不足なのだと思ってくれると、少しはわたしの威厳は長持ちするだろうが、やがては気づくだろう」

　はてさて、困ったことになった。わたしが村へ行ってもそれなりに物をもらってこれるのは、伝説になっているにせよ、わたしにその力があると思われているからだ。子供たちはわたしに石を投げつけたりはしない。そんなことをしたら大人に叱られる。だが力がないと知られたら、叱る者はいなくなるかもしれない。どうしたものか。まあ、考える時間はある。

「聞かせてください」

「フム」

　亜具留は目を輝かせていた。食われないですむという安心感だけではあるまい。わたしの頭の中をのぞき見したいのだろう。わたしの物語、頭の中の様子を知りたい、ということだ。耳の奥も輝いているかもしれない。耳は輝く、ではなく、なんだろう。張りつめる、かな。いずれにしてもこのまま帰る気はないのだ。

　亜具留になにも話さずに村に帰すのは危険だ。この少年の身の上が、だ。役立たずとして殺されるかもしれない。それが最悪かどうかはわからないが。村八分というのもかなりよくない。亜具留はそんなことを予想もしていないだろう。責任はわたしにもある。悪い目に遭わせるわけにはいかない。なんといってもよき話し相手であり、そのうえ、わたしを慕ってくれる。こんないい気分にさせてくれる者が石をぶつけられるのは、つらい。自分にぶつけられるようなものだ。わたしの肉体は痛まないが、痛みは発生するだろう。肉体の痛みとは違うにしても、その痛みは幻ではないのだ。

「マントを脱いだほうがいいだろう。汚れるといけないから。朝食がまだなんだ。豆のスープならできる。それしかない」

　畑を作らなくてはいけないかな、と思う。力を失ったときからそうすべきだったのかもしれない。もちろん豆以外のものも育てるのだ。メニューに幅ができる。

「それなら、イノシシの干し肉がありますよ、由宇仁」

亜具留はマントの下から、腰につけたふろしき包みを差し出した。

「それを早く言わんか」とわたし。「それがあるなら、おまえを食うなどとは言わなかったんだ」

「ようするに腹が減ってたってことですか」

「そうかもしれん。頭の中味の様子が、言うことでわかる、というわけだな。なるほど」

「なにを感心しているんです」

「いや、こちらの話。この肉は、村人からか」

「母さんが。持っていけって。父さんはブーツをくれた。少し大きいんだ」

「わたしに食われないように、足が傷ついて逃げられなくならないように、だよ。二人の気持ちはわかる」

「そうなのか……知らなかった」

少し大きめという、そのブーツを見下ろして亜具留は神妙な顔をした。素足に慣れていた少年にとって、そのブーツは歩く邪魔をする、うっとうしいだけのものだったのだろう。

少年は無言で白いマントを脱いだ。わたしはそれを家にあいた穴、窓にかけた。

空は少し色を薄れさせている。太陽はぎらつきはじめていた。神殿と村人の言う、その方向を示す石の門も光を受けて石の質感をもち、重い影をおとしている。門からは神殿へと石畳の道が一直線に延びるのだが、石畳につかわれていたブロックの一部は、いまはない。わたしがそいつを使って門のわきに自分の家を造ったからだ。

門や石畳を汗水流して、たぶんその造作中に材料の石をつま先に落とした者もいるだろう、そうして苦労を重ねて造った者たちが、このわたしの行為を知ったらさぞや怒るだろう。嘆いたかもしれない。しかしいまはそんな人間はいない。遠い昔のことだ。村人たちもたぶん忘れている。少なくとも、わたしの足に石を落として罰を食らわせる者はいなかった。

わたしの家は、それなりに立派だ。石の門のわきにあって、みすぼらしくはない。半円球のドーム状だ。村人の家は四角で、日干しレンガだが、こちらは天然石ときている。がっちりと組まれていて、村人には真似できまい。もっとも、苦労のわりには実用になる空間が狭いので真似をしてもいいところがないだけのことかもしれない。一人では造ることができなかった。生き残りの、神使機を使った。八本脚の昆虫型の万能自律機械で、この家を造ると死んでしまった。ようするにエネルギーを使いはたした。村人が知ったら、やはりわたしはただではすまないかもしれない。

この家を造る前までのわたしのねぐらといえば、石の門をくぐった石畳の道の先、そのどんづまりの岩山にあいたトンネル内の神殿の中だった。その入口の小部屋でわたしは寝ていた。神と交感する神聖な場だ。神聖というのはようするに邪魔されたくないから、そう外の人間に信じさせただけのことだろう。

神殿のさらに奥が実際どうなっているのか、わたしにもわからない。一部は入ることができるが、見てもなにもわかるまい。肉体では、その真の世界に入ることはできない。だからといって、そこは神の世界かというと、そんなことはない。と思う。いまはどうか知らないが。神殿に祀られているのは、もとはといえばただの人間だったのだ。

さて、これをどう亜具留に物語ってやろうか。朝食をつくりながら考えるとしよう。牛糞の燃料を使い、石のコンロに鍋をおく。コンロは別だが他はみんな村でもらったものだ。鍋は動かなくなった神使機から外殻をひっぺがして村の鍛冶屋が加工したものだろう。わたしが石畳から家を造ったのと同じようなものだ。

豆が煮えるとそのスープにイノシシの肉を、亜具留のもってきた剣で削って入れる。

「うらめしそうだな」

「焼いたほうがうまいですよ」

「石のように硬い、およそ食い物とは思えんやつになるだけだ。年代物の干し肉だ。生ハムかなにかと思ったか？　おまえの母親が大切にとっておいたものなんだ。時間をかけて嚙むのがよければ、このままのほうがいいだろう」

一切れを差し出すと亜具留はそれを口にして、もぐもぐやりながら、鍋の料理ができるまでそうしていた。さぞやあごがくたびれたに違いない。親の愛情が少しは身にしみたろうか。うらやましいかぎりだ。わたしは自分の親を知らない。

いまでも、なき左手の小指の先がうずくことがある。実際にはないというのに、あるかのように、ときに鋭い痛みを感じたりする。

食事を終え、皿と鍋の片づけを亜具留に任せて、わたしは左手を上げて亜具留に見せてやった。

「ああ、それは聞いたことがあるよ。脚のない人が言ってた。イノシシにやられたんだって。若いころ」

「傷ついて使い物にならなくなった脚を切って、イノシシといっしょに食べたんだろうな。手当てした覚えがある」

「あなたが？」

「別の門番の記憶だろうな。もしその脚を村人が食ったのなら。いまは食わないだろう。わたしが手当てしたのなら、切り落とした脚を食ったりはしない」

「ない脚が痛むなんて、へんですよね」

亜具留はのんびりと鍋を砂で洗いながら言った。いつもは畑仕事を終えたり、ちょっと抜け出したりしてやってきて、短い時間いて、またとんで帰るのだが、きょうは村人公認の外出だ。時間を気にすることもなく、叱られる心配もない。早く帰らせて両親を安心させてやりたいが、少年のほうはまるで気にしていない。わたしの話をゆっくり聞けるこの機会を楽しんでいる。いつもは、村の様子などをこちらから訊くほうが多かった。

「頭の中にはまだ脚や指が残っているからだよ」とわたしは説明してやる。「いってみれば頭の中には実際の身体とは別にもう一体、そっくり同じ身体が違う形であるんだ。右手に傷がつくと、頭の中の右手の部分で痛いと感じる。頭の中にそういうもう一体の身体がないとすると、痛いのは痛いが、どこが痛いのか、傷がどこにあるのか、わからないことになる」

亜具留は上目づかいで、自分の頭の中を見ようとでもいうような仕草をした。頭の中に自分と同じ顔の小人がいるのかと亜具留は言った。まあ、それでもいいか、とわたしは思った。頭の中に小人がいて、糸を出して身体を操っている。そう思うと、そのとおりかもしれないという気がしてきて亜具留を笑えない。

小人とその糸か。指が痛いという糸をつんつんとやれば、本物の指があるなしに関係なく、その指が痛いと感じるのだ。だから脚がなくても、ないそれを思わずつかもうとしても不思議じゃない。

「だれが糸を引くんです？　小人が勝手に引くんですか？　わざわざ痛いのを？」

「ない脚の周囲の筋肉の動きとか、小人自身が動いたりとか、いろいろあるだろうさ。痛い、というのはひとつの例だよ。不合理だというのなら、本当に痛い糸が引かれているとき、小人のほうでその糸をはずせば痛みは消える、という例のほうがいいだろうな。おまじないを教えてやったろう」

　もちろん覚えている、と亜具留はうなずいた。痛みを薄れさせるおまじない。

「あれは本当に不思議だ。よく効くんだもの」

「ないはずの小指の先があるように感ずるのも、同じように不思議なんだ。触れることはできないのに、頭の中にはあるんだよ。実際には、使えない。幻肢を感じても、ない脚では立てないし、ない小指の先で耳をほじることもできない。幻肢は一種の記憶だ。物語さ。わたしの小指の先は、とてつもなく大きな記憶、長い物語とつながっていた。それをわたし自身が、切り落としたんだ」

「自分で？　どうしてです」

　亜具留はそれこそ信じられないというように洗っていた鍋を取り落とし、顔をしかめた。同情してくれたわけだ。そのときのわたしの激痛を思いやって。鍋が足の上に落ちて実際に痛かったのだろうが。

　わたしは鍋を拾い上げ、家に入るように少年に言った。黒衣を太陽熱で消毒するのはやめだ。中味の我が身が、イラになってしまう。

　石の家の中はひんやりしていて心地いい。

　村が南の方向でなければ、そちらに窓はあけなかった。わたしがいなくなって、だれかがこの家に住みつくとしたら、その窓はふさぐに違いない。日当り良好の家は人気がない。

少年は、きれいにした鍋を石の棚において、紅茶の壺を見つけた。

しばらく茶を飲んでいない。きょうがめでたい日だとは思わなかったが、特別の日にはかわりがない。それで少年はまた湯を沸かす仕事をさせられることになった。亜具留はよく働く。

濃い紅茶を二つの鉄のマグカップに注ぐと、ベッドに腰を下ろした。亜具留は床にあぐらをかいて、紅茶をすすった。うまいともまずいとも言わないから、さほどうまくはないのだろう。たしかにあまり感動的なしろものではなかった。紅茶本来の香りは薄く、なにやらカビ臭いが、茶は貴重だ。これよりましな茶を亜具留が知っているとは思えないが、貴重な飲み物だというのは理解しているから、その意味では感動している様子だ。こんなものを毎日飲まされたらかなわないよなあ、という表情で、ちびちびと飲む。ほとんど薬だ。物語に入っていきやすくするための、魔法使いの弟子になるための試練、とでもいうような。

この茶はそれにふさわしいまずさだったから、もっとおおげさに大鍋でスパイスを呪文とともに加えながら煮ればより効果的で、もっとそれらしい味になったかもしれないが、わたしはそんなものは飲みたくない。まだ紅茶らしき味を残しているこのほうがましだ。紅茶に緑茶、コーヒーや酒、いまもあるそのような飲み物の、本来の味と香りをわたしは知っていた。

「どんな味なんです？」

「カビっぽい臭いはしない。味も、もっと澄んでいる」

「わかんないな」

だろうと思う。味や臭いは言葉にしにくい。言葉は文字という形であり、喋る音だ。味や臭いには形も音もない。甘い苦いならいざしらず、現物のない紅茶本来の味など、いくら口で説明したところでわからなくなるだけだろう。

「とにかく、こんなものではない」

そういうのがいちばん正しい。うまい表現とはいえないが、例を示してこうではない、と言うのは簡単だ。アンド、オア、ノット。論理記号。コンピュータにも言える。これではない、というのは。ところが、描写しろ、となるとお手上げだ。形でも音でもない、味などというものを描くことなどできっこない。これが近い、というやつをなめてみるしかない。そういう表現なら、できる。しかし〈リンゴに似た味〉などという説明は、相手がリンゴを知らなければ通用しない。

「直接、言葉ではなく味を感じる頭の中の小人の舌を刺激してやれば、一発でわかる。紅茶の現物がなくても、だ。紅茶を味わうと、この糸とこの糸が引っ張られて、その味と香りを感じるのだとわかれば、今度は飲まずにその同じ糸を引っ張ってやればいい。同じ味と香りを感じる。わたしはこれに似た方法で、紅茶の味を知ったんだ。言葉ではなく」

「どこで？　どうやって？」

「神殿さ。あっちの世界だ」

ベッドから北向きの窓をわたしは見やった。荒野に延びる石畳の道の先に、山形の屋根をもつ神殿がある。岩山のふもとに建つそれは、石畳の道と門を造った者たちより古い人間たちの手によるものだ。神殿といっても、本来のそれは岩山の中のトンネル内にあり、石の建物は、そのトンネルの入口があまりにそっけないというので神の世界に通じるにふさわしい印として、造られた。なかなか立派だが、神はそこにはいない。そこで祈っても内には通じない。

わたしがねぐらにしていた交感師の小部屋はその奥にある。石造りの神殿のどんづまりに階段があって、それを登ったところに厚い金属の動力扉がある。鍵がないと作動しない。鍵はわたしが持っていた。黒衣の鍵使い師というわけだ。

「わたしの小指の先に、その鍵があった。小指を扉に触れると、その扉はわたしだと知って、開くんだ。いまでも、小指さえ切り落としていなければそれは開くだろう」

切り落としたその小指が見たいかと訊くと亜具留は無言でうなずいた。わたしはベッドの下を探り、石の小箱を引き出し、埃をはらって少年に渡した。

亜具留はおそるおそる蓋を開けた。ひからびたわたしの小指。もう死んでいる。しかしわたしの頭の中には、その指を通じて入力された記憶が残っている。ときにその小指そのものの感覚もよみがえり、するといまでもあの扉に触れて、開くことができるような気分になるのだ。

亜具留は切り落としてミイラになったわたしの小指を注意深くとり上げた。

「これで、神殿宮の扉が開く？」

亜具留はそれを自分の左手の小指につけて、訊いた。

「それだけで？」

「おまえがやっても、だめだ。手術でくっつけても、だめだよ。おまえの頭の中には、その小指に対応する小人の小指部分がない。その小指はあくまでわたしの存在の一部なんだ。母親の腹にいるとき、まだヒトの形にならない発生の初期に、その小指が頭の中にもできるように、一種の魔法をかけられた。代代の黒衣の門番、鍵使い師、交感師はそうして生まれてきた」

「あんがい重いんですね」

「骨の重さだろうな。人工的なチップも組み込まれているが、ほとんど骨の重さだろう。乾いているからな。骨はけっこう重い。脚の骨などコンクリートの棒のようなものだ。ずしりと重くて武器になる」

「コンクリート？」

「人工の石だよ。そういう知識は代代の黒衣の門番が次世代に伝えてきた。みんな、頭の中でつながっているといってもいい。身体は滅びても、記憶は残った。ちょうど、いまその小指がないのに、感じられるように、だ」

扉の奥の交感師の小部屋には、棺のようなカプセルがある。その内部に小指を差し込むソケットのような装置があって、そのカプセルに寝て、小指を装置に突っ込んでセットするとあちらの世界へ行くことができる。身体が移動するわけではない。小指のそこから頭の中に、向こうの世界情報が入ってくるのだ。見えるし、聞こえるし、臭いも味も、わかる。本物の身体は横になっているだけなのに、幻体でその世界を歩くこともできた。つまり頭の中の小人が動くわけだ。そこで見えるのは、本物の自分の眼が感じる光ではない。小指から入ってくる情報が視覚野を刺激したものだ。本物の眼からすればそんな像は幻だが、しかし存在するのは間違いない。

「ぶん殴られて目から火が出たように感じたことはないか？」

「ないです」きっぱりと、亜具留。

「フム。そういうこともあるんだ。光ではない刺激を、光点のように見ることもある。それに似ている」

「なにが見えるんですか」

「わたしはさほど面白いものは見なかった。高いビルがあった。広い道があり、自走する乗り物があって、乗れば動く。どこへでも行けた。森があり、湖があり、山があり、草原があり、海があり、夜があって、星が見えた。だが人は一人もいなかった。自分以外には。いや、ただ一人いた。先代の、黒衣の門番だよ」

幼いころのわたしは、いまの亜具留のようにその先代にいろいろなことを尋ねたものだ。彼はその世界を案内してくれ、いろいろ教えてくれた。湖で魚を釣ったこともある。酒屋で全部の酒を試してみて、酔っぱらうことを覚えた。上等の紅茶もあった。まずい茶ももちろんあって、その区別を教えられた。

「いまいるこっちの世界とはまったく違う、もう一つの宇宙だ。幻なんかじゃない。入ってしまえば現実そのものだ。一つだけこっちと似た建物があった。あの神殿と同じような石の建物だ。街からはなれた丘に建っていた。代代の黒衣の門番が眠る墓だよ」

彼らは死んでいた。だがその棺に小指を触れると、彼らの生きていた世界を経験することができた。どういう仕掛けなのかはよくわからなかったが、彼らの小指だけは生きていたとでも考えるのがいいのかもしれない。実際にはそんなものはなかったろう。なくてもいいのだ。その世界は、そんな代代の黒衣の門番の記憶が生じさせていて、空間のどこにも彼らの世界がいくつも重ねて存在していたのだと思う。棺に触れることで、その過去の世界を選択することができる、というわけだ。

並んでいる棺が見えるというのも、眼で見ているわけではなく小指が頭の中に感じさせているものなのだ。その小指に入る情報群を、チャンネルを切り換えるように別のものにすれば、世界の様子は変わる。過去の黒衣の門番の記憶が保存されていればそれは可能で、実際にそうだったのだろう。どこに保存されるかというと、ちっぽけな小指の先に入っているチップなどではなく、あの世界の空間そのものなのだ。そんな気がする。

この小指はあちら側の宇宙へ行くための鍵にすぎない。そいつを切り落としたいまでも、わたしの記憶は消えてはいない。同時に、いまもあの宇宙はわたしの行動や感情を記憶していることだろう。わたしの頭の中に身体の痛みなどを感じる脳という小人がいるように、同じような小人が生体の脳とは異なる形で存在するに違いないのだ。

それこそが、あの世界を創造した者たちの目的だった。身体もなく、そして脳すらなく、それでも存在すること。いまでも彼らが存在するのかどうかとなると、それはわたしにはわからない。

「どうしてです？」

「小指とアクセスしても感じられないからといって、いないとは言いきれない」

「その街にはだれもいないんでしょう。神たちは死んでしまったんだ」

「神、か。まさしくそんな存在になったのかもしれない。もともと彼らは頭以外の身体を捨ててあの世界を造った。頭すらなくても存在できるようになったのかもしれない。黒衣の門番たちはその世界に入ることができる人間だが、肉体も頭も完全な人間だ。神たちが変容してゆくその変化に、肉体の脳が対処できなくなって、それで神を感ずることができなくなったのだとも考えられる。もちろん、神は死んだのだと考えてもいいが、そのつもりでなにかして天罰を食らってもわたしの責任じゃない。手を出すな、と言っておこう。小指でも感じられなかったんだ。人間に彼らのことがわかるはずがない。別のものになって、それはわれわれの脳では理解できない、そう考えるのが正しいとわたしは思う」

「それであなたは番人をやめたんですか、由宇仁。あきらめて？　もう必要ないから？役に立たないからですか」

亜具留は利口な少年だ。鋭く、そして遠慮がない。

罰として紅茶もどきにコショウを入れて飲ませることにしよう。熱くして。ついでにわたしの飲みかけのやつも熱くさせる。

わたしは食器の棚に並ぶ壺からコショウのそれをとり、亜具留のカップに入れた。温めろ、わたしの分もと言うと、素直に少年は従った。

亜具留がそうしているうちに、わたしは自分の小指を石のケースに入れ直した。亜具留はまた見るつもりで爪を下向きに入れていた。爪を上にし、ながめて、蓋をした。見てもなにもわからない。ただの切られた小指だ。役には立たない。代代の黒衣の門番たちの記憶はすべてわたしの頭の中にある。もっとも、忘れてしまったものも多いことだろう。なにを忘れたのかも思い出せないような気もする。あいまいになってゆくし、もとの情報そのものからしてあいまいなものもあった。遠い過去のものほどそうだが、必ずしもそうともいえない。大きな事件は鮮やかに残っていた。それをつなげば、あちらの世界の一つの歴史になる。

　わたし自身はそのような歴史につけ加えるような事件は経験していなかったし、もはやそのようなことは起こりそうになかった。亜具留の言うように、自分の役目は終わったとわたしは感じていた。黒衣の門番は、もういらない。小指であちらの世界を感じてもなにも起こらないとすればそのような小指の能力は必要ない。わたしの立場をたとえば亜具留が引き継ぐにしても、わたしのような小指はいらないのだ。

　わたしの記憶は物語として残せばいい。味は表現しにくかろうが、幻の酒で中毒する危険はない。神話になり、黒衣の門番は自ら小指を切り落とさなければならない、となるかもしれない。

　そんなことを思いながら、わたしは小指の石箱をベッドにおいた。亜具留は彼のコショウ入りのやつとわたしのものを混ぜていっしょに温めたので、彼の罰は半分になり、わたしはその半分を受けることになった。よく言わなかったわたしがわるい。しかし、これはこれでさほどわるくはない飲み物だった。カビ臭さが消えている。

　わたしはまたベッドにおちつき、紅茶をすすった。亜具留はカップを持ったまま石の床を見回し、どこです、と言った。小指のことだ。

「もうしまった。役に立たないからな」

「でもあれを切らなかったら、あっちの世界へ行けるのに。なんでもあるんでしょう。うまい食べ物も」

「そうだな。なんでもあった。しかし、食べたところで肥りはしない。感じることはできるが、身体とは別だ。頭の中の小人は満足するが、もどってくれば身体のほうは腹をすかしている」

「夢なんだ。神の世界というのは、そうなんでしょう？」

亜具留は床にすわって、そう訊いた。

「なるほど。そう言われれば、そうかもしれん。いまでもあちら側の夢を見ることがあるよ。本質的な違いはないのかもしれない。それをたしかめるために小指を切り落としたのかもしれん」

「自分のことなのに、なぜ小指を切ったのか、わからないなんてへんです」

「わかってはいるさ。そうだな、しかし、説明しにくいことではある。物語は変わる。気分が変われば、別の物語を考えなくてはならん。自分でもどうしてそんなことをしたのか、あとになるとわからないというのは、おまえにもあるだろう」

「そうだけど……うん」

いまがそうだろう、とわたしは思った。まあ、わたしに食われなくてよかった。

わたしが指を切ったのは、先代の黒衣の門番が死んだあとだ。彼はわたしの育ての親といってもよかった。わたしを大切にしてくれたし、わたしは彼を尊敬していた。

彼が死ぬとき、わたしはあっちの世界の浜辺にいた。砂浜だ。海水は心地よかった。海草が打ちよせられていて、それを拾ったりするのは楽しかった。先代は打ち上げられた流木に腰を下ろしてわたしを見守っていた。具合があまりよくないのは知っていた。海が見たいと彼が言ったので、手を引いて浜辺へ行ったのだ。別れが近いようだ、と彼は言った。もうわれわれの役目は終わったのかもしれん、とも言った。

先代は目を閉じて、わたしの顔をなでた。

ずっとなでていた。その感触が薄くなり、気がつくと彼の手足も胴もなくなり、頭部だけが宙に浮いていた。

『おまえを作ったのは間違いだった』と彼は首だけになって言った。『おまえのことを思えば、わたし孤り(ひと)で生き、そして死ぬべきだった。もう門番は必要ない……由宇仁、ひとつ、頼みがある』

『なんですか』

『おまえの次の代の門番を作るな。わたしの最期の願いだ』

『わたしは孤りになってしまいます』

『そうだな、勝手な願いだ。わたしにはできなかったことだから。由宇仁、おまえは神殿の外で生きろ。身体があるんだ。生きられる。おまえは孤独ではない』

先代の眼だけが残った。二つの眼球。ふっとそれが消えると先代は逝ってしまった。一人きりでわたしはその宇宙に残された。わたしは泣いていただろうか。いや泣いていない。代代の黒衣の門番の、例の墓へ行くと、新しい棺があった。そいつに小指を触れると、先代の記憶世界が広がった。そこには、わたしがいた。浜辺で先代の死を見つめるわたし自身の姿を、見ることができた。先代の頭を通して見たわたしの姿だ。きょとんとした馬鹿面だったよ。

棺に触れれば過去が再生できたから、先代の死には実感がこもっていなかった。彼の本物の死体は、こっちの世界にもどってきてもなかった。死期を悟った門番は、交感師の小部屋からさらに奥の神殿宮へ行くのだ。わたしものぞいたことはあるが、闇だ。神使機の案内がないと歩くこともできない。右も左もわからないし、自分の身体が、足がどこにあるのかもよくわからないほどだ。そこで神使機が代代の本物の死体を処理するのだろう。だれの目にも触れない場所だ。身体なき神、それに仕えた者の死体を、こちらの世界から隠すのだ。

黒衣の門番は神使機に命令を出して動かすことができる。過去には、外の人間たちの願いを神使機を使ってかなえてやっていたのだ。井戸を掘ったり、岩山を削ったり、だ。ときには神使機と村人との戦いもあった。

「戦い？」

「そうだ。神の連中が神使機を使って外の人間の頭狩りをやった。外部世界の新しい脳をあちら側へ持っていき、その脳の記憶する外界の様子を楽しむためだ。身体のない神は退屈していたんだろうな。外界の、つまりわれわれの世界がどうなっているかは、黒衣の門番が小指を通じて神に伝えることができたが、それだけでは満足しない時期もあったんだろう。神使機は悪魔のように怖れられた時代もあった」

「フウン」

「それはべつにしても、黒衣の門番を作るには、一人の女を犠牲にしなくてはならなかった。わたしを身ごもった女は、どうやらおまえの村の人間ではないようだ。どこか、もっと遠くだ……先代は教えてくれなかった。幼いころは疑問に思わなかった。そのように育てられたからだ。わたしを産んだ女は寿命まで生きたか、まだ生きているかもしれないが、昔は小指の能力をもつ子供を残して女は殺した。神にささげる犠牲だ。黒衣の門番は神からつかわされた、いってみれば天使だ。天使に人間の母親はいらない、ということなのだ」

「かわいそうです」

「外の人間たちがそういう儀式を作ったんだ。神が強要したわけではない。門番によく働いてもらいたいが、特定の者、母親や身内を特別あつかいしてもらってはこまる。そういうことだと思う。とにかく、わたしは親を知らない。べつに知りたいとも思わない。先代がいたころも、だ。彼はわたしを愛してくれた。その彼が、死んだ」

　わたしにはそれがどうにも納得できなかった。死体を見ることができ、抱きすがることができて、どんなにゆさぶっても返事をせず、やがて腐り、あるいはミイラになってその肉体が滅びてゆくのを見れば、たしかにもう先代はいないとわかったろう。悲しみに、泣いたろう。ふんぎりがつく、ということだ。

　しかしその死体はどこにあるかわからなかったし、あっちの世界と小指でアクセスすれば、先代はそこにいた。もう一人のわたしの姿とともに。その先代の記憶世界は、感じることはできるが干渉はできない。再生されているにすぎないのだ。死んでいるのは自分のほうのような気がしてきた。視点は先代のものだ。感じ方も。そこに見える自分の姿は、幽霊のようだった。再生するのをやめると、だれもいない世界だ。動く人影はない。わたしはたった一人だった。泣きたい、と思った。だが先代の死をなんとか自分の中で現実のものにしなければ、泣くことはできない。寂しいが、悲しくはなかったんだ。彼が死んだというのはわかるのだが、実感がなかったのだ。

　二度と会えなくなれば、納得するだろう。それしかなかった。神の世界とのつながりを断ち切るしかない。

　小指がなくなればいい。神も、外の人間たちも、もう門番を必要としなくなっていたから、わたしが小指を落とすのにだれの許可もいらない、わたし自身の決意の問題だった。

それでわたしは小指を切り落とした。

「それはまさしく身を切られるつらさだった」

「……でしょうね。痛かったでしょう。おまじないをしたんですか」

「しなかった。効かなかったろうな、しても」

わたしが切り落としたのは、たんに小指だけではなかった。その先にある過去のすべてだった。あちらとこちらをつなぐ、糸を、断ち切ったのだ。

わたしはその小指が血の色を失って死んだのを見て、泣いた。先代や過去のすべての黒衣の門番をわたしは殺してしまった、と思った。小指は生き返らなかった。ねぐらにしていた小部屋に通じる扉は二度と開くことがなくなった。わたしは天使の力を失ったのだ。

わたしの小指は、先代の死体の代わりをしたのだ。

先代の死は、こうしてわたしの心の中で完成された。とても悲しかった。小指を切ることでわたしは先代たちを殺したのではない。葬ったのだ。

黒衣の門番のなかでそんなことをしたのは、もちろんわたしが初めてだった。彼らは肉体は滅びても死んではいなかったといえるだろう。育ての親にあたる先代が死ぬというのは、ただもはや新しいことを教えてくれなくなったにすぎない。肉体の死を目にしないから、記憶を再生できるから、死というものを実感できない。だからだれも悲しんだりはしなかった。死にわずらわされたりしない。

いや、肉体は悲しんだ。そうなのだ。あっちからもどり、カプセルから出ると、涙で顔が濡れていることがあった。不思議だが、悲しいとは思わないのに、泣いていたのだ。痛みをおまじないで消すように、悲しみも無意識に遠ざけていたのかもしれない。身体はしかし泣いていたのだ。

その身体の反応と自分の感情とが一つにまとまったのが、小指の死を見たときだったというわけだ。

わたしは小指の先という肉体の一部を捨てることで、身体をとりもどしたのだ。といえるだろう。そのかわり、天使の力を失った。そういうわけだ。この家を造ったあとだから、もう二十年近く前になる。亜具留が、この少年が生まれる以前のことだ。生まれる前のことでもこうして話せば理解できるだろう。少年には理解できずとも、黒衣の門番の力で実際に神使機が動いたことを見ている長老たちの世代は、わかるに違いない。

「行って村人に話すがいい。親は喜ぶだろう。無事にもどったなら、抱きしめてくれる」

わたしはこれまでとは別の生き方を考えなくてはならない。助けてくれる先代はもういない。目頭がふいに熱くなって、わたしはうろたえた。少年に語ったことで、先代がいま亡くなったような気がしたのか。よくわからない。頭の中の小人のいたずらかもしれなかった。

わたしは目をしばたたき、少年が出ていくのを紅茶を飲みながら待ったが、亜具留は腰を上げなかった。

少年はわたしを真似るように紅茶を飲み、北向きの窓の外、遠くの神殿をながめた。

それから目をわたしに移して、「神はいつからいなくなったんですか」と訊いた。「身体がなくて頭だけなら、どこにも行けなかったんでしょう？　どんな世界なんですか。頭だけになったら死なないのかな」

「そんなことはない。脳も死ぬ。身体を制御する仕事がなくなって長生きはしたろう。しかしせいぜい二百年くらいだ。頭狩りをして仲間を増やした時代も遠い昔のことだ。いまでは一個の脳も生きてはいまい。おそらく最後の脳が死んでから少なくとも百年以上になろう」

「腐ってるか、ミイラですね。捜せばあるんでしょうか」

「だろうな。その脳を、神は外の人間に与えたこともあったのだ。食料としてだ。空腹を満たすほどの量ではなかったろうが、神聖なものとして崇められた」

「頭？」

「そうだ。おまえがわたしに言った村人の願い、『神殿に実るあれ』とはその神の脳のことだ」

「……うまいんですか。まだあるのかしらん。長老は知っていたのかな」

「詳しいことは知らないだろう。伝説だけは残っている。いま村はさほど飢えてけいない。牛もいるし、イノシシも出る。作物の出来も、まあまあだ。大きな争いもない。神に頼ることはない。好奇心だろう。でなければ、長老は死にそうで、薬が欲しいのかもしれん」

「そのようでした。少しぼけけはじめているみたいだけど、そうなりたくないって。神殿に実るあれさえあればって」

「人間というのは欲が深い。欲というのは頭から出る。頭は、自分が崩れてゆくのが、がまんできないんだ。死がこわいのはそのせいだ。身体は黙って死んでゆくが、頭はそうではない。神の頭を食べれば少しは長生きできると思うのは当然かもしれん。しかしなにをやったところで、いずれ死ぬ。神になった人間もそれは知っていた」

「じゃあ、なぜ、神殿にこもったのですか」

「それにこたえられるのは、ごく初期の黒衣の門番だけだろう」

「……もうできないんですね。神のこたえは聞けない」

「直接はな。だが覚えているよ。わたしは全部の門番の記憶を追体験したから」

わたしの半生はそれに費やされたといってもよい。棺に小指を触れ、その黒衣の門番の経験を早回しのように追体験した。自分がその者になったかのように。

いまでは時間の順列があいまいだし、すべてを覚えているわけではなかったが。

「神になった、彼ら、本当にそうかどうかわからないが、そもそも神はなにかはべつとしてだ、とにかく彼らは、いきなりあんな世界を作ったわけじゃない。前兆はあった。人間というのは、自分の頭が考えつくありとあらゆることは実現できると知り、それを実際にやりはじめた生き物だ」

「でも不死の神にはなれなかった？」

「肉体の不老不死というのは、それに近いのはそんなに難しくない。だが永久にというわけにはいかない。宇宙や物質には寿命がある。ダイナミックなものだからだ。静止しているなら永久は永久だろうが、それでは自分を意識することもできない。死んでいることと同じだ。彼らの目的はそれではない。もっとべつのものだと思う。なにを考えていたのかは、作ったものを見れば、わかる」

「神殿でしょう。あの中に入ればいいんだ」

「ただ入ってもわからないさ。わたしのように、彼らの生きていた世界へ行かなくてはならない。感じないといけない。外から見ただけでは、脳がカプセルに収まっているのが知れるだけだろう。たぶん、ずらりと並んでいたろう。なんらかの装置でそれらは互いにつながっていた。彼らがなにを考えているか、外からはわからない。彼らの世界は、考えている、その思考空間そのものといってもいい。それを感じとらなくては、なにもわからない」

ちょうど文字を調べるようなものだ。文字の線の成分をいくら見て調べても、意味はわからない。線が絵の具で書かれていて、絵の具の成分を知ったところで、文字は意味をなさない。読まなければならない。読んで意味がわかって、初めてなにかを感じとることができるのだ。

わたしの小指の先にそうした読む装置があり、頭の中に、その情報を解読する機能があったわけだ。

わたしの前には、神になった人間は現われなかった。しかし過去の黒衣の門番は、彼らといっしょに暮らしていたのだ。門番たちは、交感師の小部屋で身体をカプセルに入れて、意識は身体とは切り離された神の空間と同期した。

幼い門番はそこで学校へ行ったりした。他の子供たちといっしょにだ。幻の身体で生きている子供たちだ。現実と区別はつかない。

ごく初期の時代には、そんな子供たちは頭だけの存在ではなかった。大人たちもだ。門番と同じようなシステムで、意識空間に入ったのだ。一種のゲーム空間、シミュレーション空間、仮想現実空間だ。

しかし、それでも身体現実世界と同じように生きることができ、教育も楽しみも仕事もできるとなれば、そっちのほうを現実だとして、そちらのほうが合理的だと、それを選んでもいいと考える者も出てきたに違いない。そうとなれば、カプセルから出る必要がないシステムはすぐに作られたろう。身体と頭を維持するものだ。運動はしないから手足は細くなる。必要のないものは捨てる。頭だけになるなんて」

「……ぼくは、いやだな。不つごうなことはなにもない。不合理だと感じさせるものはどこにもないんだ。身体はなくなっても、感覚はある。歩くこともできるし痛みさえ感じる。重さもわかる。世界も統一されたものとして、ビルもクルマも、ちゃんと質感をもって、データとして与えられる。クルマにはねられたりしたら、それに応じたショックもあり、そのショックで実際に死ぬこともあった。めったにおこらないが。やろうと思えば、なんでもできる。自殺も、他殺も、可能だというわけだよ」

「それじゃあ、なんでみんなが入らなかったんです?」

「そんな生き方は不自然だと思う者もいたわけだ。そうとしか考えられない。不自然だと考えたにしても、根拠はあまりないと思う。そんな世界ができる前にも、十分人間は自然とかけはなれていたからだ。いまでも、さほど変わらないと思う」

「どうして」

亜具留は紅茶のカップをおいて、首を傾げた。なぜ、と訊く。

「どうして、という疑問は、人間以外の自然には存在しない。ただ、ある。それだけだ。死ねば、消える。消えるのは、自然にとっては死ではない、物質が別の形になるだけだ。人間だけが、それを死ぬ、と表現する。身体が腐るのを。それは自然なことなのに、特殊なものと感じる。その能力が、ありとあらゆる人工物を作り出した。考える力が、それを可能にした。自然にはない元素すら生み出したほどだ。死体を腐らせずに保存するくらいはなんでもない。はるか昔にはミイラとして保存した。腐って滅びるというのを認めたくなかったんだ。死という概念をもたない他の自然物なら黙って土に還ればいいだろうが、自分たちは違う、死というものが存在することがわかる、それは不公平だ、というんだな。他の自然とは異なるのなら、徹底的に人工物としての世界を作ってしまえ。それが、神たちの目的だ。それ以外のなにものでもない。彼らは、腐ってゆく身体という自然物としての自分を、できるだけ遠ざけるように努力しただけなんだ。ミイラを作った古代人とまったく同じだ。より完璧にやってのけた、というだけのことだ。千年や一万年くらいで、人間の本質が変わるわけがない」

「不死も可能なのに？」

「不死というのは、死があればこそだ。死ぬということがわからなくなれば、不死の実現だ。人間は死なないかぎり、不死は実現できない」

「そんなのは、呪文みたいだ。わけがわからないよ」

「そうだな」わたしはうなずいた。「でも、本当なんだ。神たちは、死を忘れることで不死に近づいたといえるだろう。死を見たり聞いたり感じたりしなければいい。自分の死そのものは経験できないから、他人のそれを見なければいい。死体がなければいい。他人の死を感じなければいい。大昔なら、ミイラにして、これは死んだんじゃない、ミイラになっただけだ、と解釈するんだ。神たちの方法はさらにスマートで徹底的だ。それだけの違いでしかない」

あちらの世界では、ふっと消えるだけだ。データを消却するのと変わらない。それほど死という表現にふさわしい消え方はないと思うが、少なくとも自然界にはそのような消え方はない。実際には脳だけはこちらの世界にあるが、神たちはそれを見ることも触れることもできない。その世界では、ただ消えるだけだ。

そして、消えることすらなくなったのだとも見える。先代の黒衣の門番の記憶世界が残っていたように、神の世界では、頭の死んだ者の世界も消えずに残ったことだろう。さらに、そのデータを駆動して、生前のその意識をよみがえらすことができないわけがないとわたしは気づいていた。

すべての頭が死んだら、それらの記憶データを駆動する者もいなくなる。しかし、人間が駆動しなければならないという法はない。機械でもいい。人間の頭が生み出した人工物が死者たちを駆動するのだ。

こう考えてもいい。死者たちのデータそのものが他の者のそれと干渉し合って、駆動し合い、変化変容する人工宇宙を支えているのだ、と。

幻の身体のデータもある。言葉を使う能力もあるだろう。感じ、聞き、喋る、その幻の存在は、いったいなんと呼べばいいのだ。神か。それが神なら、神とは完璧な人工創造物だ。自然にはない。だが自然とはなんだろう？　ダイナミックに変化変容するものだ。神たちの世界が、小指の先でも感じられなくてもたしかに存在していて、変容しつづけているのなら、それもまた自然といってもいいのかもしれない。人工物もしょせんは人間という自然が変化させた自然の一部なのだ。いいもわるいもない。そこには神はいない。だからわたしも天使などではなかったのだ。

　彼らは、神になろうとして身体を捨て、人工世界を創造し、完成させることで、自然に還ったのだ。やがてはそのシステムも壊れるだろう。それは死でなくてなんなのだ？

　なんとまあ、まわりくどい死に方ではないか。それはしかし、たしかにもっとも人間的な死に方ではある。死に方を考えるほど暇だったのか。どうせ暇なら、うまいものを探すほうがましというものだ。彼らは焦っていたのかもしれない。人間、焦るとろくなことにならない。物乞いするときは気をつけるとしよう。

「由宇仁、なにを考えているんです」

「うん？」

　わたしは空のカップを無意識に回して、神たちの運命を想っていた。神たちが、われわれの手の触れられぬ、見ることも聞くこともできない空間でいまも存在しているにしても、やがては崩れる。心で自分だけに物語っていたそれを亜具留にも分けてやった。

「……やっぱり、かわいそうだ」

「ものの哀れを感じるのはいいことだ。人間らしいということだからな」

「ぼく、村の人になんて言えばいいのかな」

「聞いたとおりに話せばいいさ」

「由宇仁が食べられたらどうしよう」

「心配してくれるのか？　ますますいいことだ」

しかし冗談ではなく、わたしは自分の身の上を心配しなくてはならない。亜具留の言うことは、もっともだ。わたしだって本気ではないにしても、亜具留を食う、と言ったのだ。口にすれば、やってみようというやつもなかにはいるだろう。いるに違いない。口にするというのは、考えていること、頭の中の様子が出るということではないか。嘘か本当かは関係ない。が、それを聞いて、本気で食いたくなる者もいる。いても不思議ではない。だから、危ない言葉は口にしてはいけないのだ。

まったく、冗談じゃない。わたしは殺されたくはない。しばらくすれば腹が減るだろうし、いままでもうまいものなら食いたいと頭では思っている。身体は正直だ。頭もない神は不正直に違いない。なにしろ、いるかいないかもわからないほどなのだから。

「フム。いいことを思いついた」

「どうするんです、由宇仁」

「まだ神の実はあるだろう。そいつを村人に持っていけばいいんだ。おまえが。おまえは立派になり、わたしは石をぶつけられずにすむ。簡単なことだ」

「できるんですか？　天罰は？　あなたにはもう力はないって――」

「扉はなんとかこじあけられるだろう。神の実は、脳みそがたぶんカプセルに収められたやつだ。チューブや線が絡みついた、実のようなものだよ。わたしは目にしたことはないが、門番のなかには知っている者もいた。どのみち神には必要のないものだ」

どろどろに腐っているだろうと思われた。カプセル内で自己溶解しているに違いない。いいや、それもとっくに蒸発して、カビの痕跡のようにカプセルにこびりついているだけだろう。それを村の長老が食いたいというのなら、食えばいい。それで腹をこわしたところで、わたしの腹は痛まない。

「そうですね……できるんなら、それがいいかもしれません」

「わたしたちがやらなくても、村の代表がやってきて、やるだろう。それをわたしが代わりに、自らやってみる。村人にできるなら、わたしたちのほうがうまくやれるさ。わたしはこれからも門番でいられるだろう。もし長老がわたしには力がないと知ったら、がっかりして死んでしまうかもしれない」

「あなたを殺して、神の実をとるでしょう」

「簡単にそれができるなら、神の実のありがたみがなくなる。わたしが門番でいて、長老や村人に畏れられているほうが彼らのためなのだ。わたし自身のためでもある」

「……なんだか、悲しくなってきましたよ、由宇仁」

「フムン。尊敬できなくなったか。わたしがただの人間だと知って？」

「ただの人だとは思わないけど……」

「外で待っていてもいい。天罰が下るなら、わたしが受ける。神殿宮に入るのは初めてだ。入れれば、だが」

「ぼくも行きます」

悲しくなってきた、という表情をくるりと笑顔にかえて亜具留は立ち上がった。

神の頭を生かしておいたシステムはもう作動してはいないだろう。神使機はしかし、神殿宮への侵入者にそなえて待機しているかもしれない。

神たちが頭狩りのために使った神使機は、神たちにとって、いわば性器かもしれない。身体を失っても性欲はあったろう。互いのその中枢を刺激し合っても満足できたろうが、子供はできない。いや、のちにはできるようになったのだ。身体をもたない、新しい意識と性格をもつ、新生体だ。彼らは最初から身体はもちろん脳もない。黒衣の門番たちにはそれが感じられなかった。神たちが、架空の子供を創り、想像上で、見えない子供を育てているようにしか思えなかった。

そうだ、いま神がいるとすれば、その仮想のなかの架空の子供たちが大きくなった存在だろう。融合しあって、個の区別のない、一つの大きな意識体かもしれない。人間の考える脳の機能が多数並列に巨大化したような。

　もしそうなら、そんな巨大な構造機能体をちっぽけなわたしの頭一つで理解できるわけがない。黒衣の門番には。

　そうなる前は、神は新しい意識仲間を外の人間に求めた。その衝動の元になったのは性欲だとわたしは思う。失った身体の性器のかわりに神使機を使ったのだ。興奮した神使機は人を発見すると、とびかかり、押し倒し、脳を器用にとり出して神殿宮に持ち帰ると、すでに死んでいる仲間の頭を収めた保存カプセルに収める。

　その一連の神使機の行動を性感覚野でとらえていたとすると、神使機はペニスであり、その繰り手が淫らな想像をしただけでエネルギーが注入されたに違いない。人間を見つけると、相手の恐怖も快感になったろう。相手は男でも女でもかまわないはずだ。その狩る脳の感触を神使機のセンサがとらえると、絶頂。それを収めるカプセルはヴァギナか。子宮への入口だ。かりとったその脳にセンサを入れて、仲間として育てたろうか。いいや、おそらく仲間にはできなかったに違いない。門番の小指にあたる脳内構造機能を外の人間はもたなかったから。だから、やがて頭狩りの時代は終わったのだ。

　だが脳を保存している神殿宮の神使機はまだ反応するかもしれない。小指があれば、その反応行動をおさえて、脳カプセルを出させることができるのだが。わたしの家を造らせたあと、神殿にもどらずに動かなくなった神使機はともかく、神殿宮にもどったやつもいた。それらはエネルギーをためているかもしれない。小指のないわたしには、それを制御できない。神殿にはもはや行くつもりはなかったので、そんなことはどうでもいいと思っていたのだ。興奮しやすい神使機は、家を建てさせるかスポーツをさせておくのがいいのだ。

村人たちにやらせるのがいいような気がしてきた。神使機に殺されたら、うまいものを食えなくなるし、風景を絵のように楽しむこともできなくなる。わたしも欲が深い。さわらぬ神に祟りなし、だ。

＊

だが、結局わたしは行った。少年の行きたいという気持ちをそらすことはできなかったし、わたしもそこを見てみたかったからだ。代代の黒衣の門番たちが入って二度と出てこなかった場所、神殿宮の内部を。

覚悟を決めたわたしは、かつて切り落とした自分の小指、石のケースに納めたそれを、神殿の見える家の北側に埋めた。

もし自分が天罰を食らって我が身を灰にされたとしても、自分の一部であるあの小指は残しておきたかった。身体を持っていた者の証として。それ以上の意味はなかったが、わたしには重要なことに思えた。なにしろ痛かったのだ。あれほど重大で意味のある肉体の痛みといったら、後にも先にもない。

　それをすませると、わたしは小指を落とすときに使った手製の斧と、亜具留はランプを持って、出発した。

　交感師の小部屋に通じる最初の扉は斧でこじあけることができた。神がわたしたちに関心をもっていたなら、すでにここでなんらかの天罰が下ったことだろう。雷がおちるとか。しかしそれはなかった。

　闇に目を慣らしてから、ランプに火をともし、さらに奥へと進んだ。

　神殿宮の入口のその扉はなかなか根性があった。斧でいくらたたいてもうっすらと傷がついただけだ。対戦車ミサイルでもぶち込まなければだめだろうとわたしは言ったが、もちろん亜具留は戦車やミサイルなるものがわからなかった。

　少年はあきらめることを知らないようだった。感心するよりあきれたが、それが功を奏したらしい。

　開いたのだ。開閉制御の回路が衝撃でおかしくなったのだろうと思ったが、開いた扉の奥から、天罰がとび出してきた。

　亜具留は悲鳴を上げた。生き残りの神使機だった。こうるさい人間をひねりつぶそうとして出てきたのだろう。眠りを邪魔されたので怒ったのかもしれない。まったく、生き物のようだった。

このときほど、生き残りの神使機にはボールでも与えてサッカーチームを作らせ、外でゲームをさせておくのだったと悔やんだことはない。それは、もう神の使いでもなんでもない、独立した生物といってもよかった。門番であるわたしの存在が消えたために本来の目的を忘れていたに違いない。

その意味では、この神のシステムの、天罰機構をふくめた回路全体が変調をきたしていたというのは間違いない。扉が破られる前に先制攻撃に出るほうが理屈にかなっている。それがなかったということは、この神使機は理屈で動いているのではない、神の命令で動いているのではないのだ、とわたしは悟った。

わたしがその神使機の鋭い前脚の一撃をかろうじてかわせたのは、門番をしていてその動き方をよく知っていたからだ。

しかしわたしは若くなかった。次のストレートはかわしきれなかった。黒衣を通して、上げた右上腕に激痛を感じた。

行け、とわたしは少年に叫んだ。

「とってこい。早く」

少年は転ぶように奥へ行き、ランプを落とした。逃げるつもりで方向を間違えただけかもしれないが、ランプは割れて、火がついた。

わたしと亜具留は、神殿宮内のそこに、ヤシの実のようなものが並んでいる光景を見た。代代の黒衣の門番たちの脳を収めたカプセルに違いない。予想したとおり、それには無数の線が絡み付いていた。

門番だった彼らは死ぬ直前、神の世界へその脳内情報を転送されたのだろうか。他の神たちの頭はもっと奥にあったろう。残っていれば、だが。死んだそうした脳はみんな外の人間に与えたのかもしれない。われわれは、こんなものは人に食わせてもかまわない、と。失礼な話ではある。

しかし門番たちの頭はあった。それはたんにわたしが自分の小指を地に埋めたように、そのような形の肉体の墓標にすぎないのかもしれない。それらは少なくともこのときすでに死んでいたろうから。

亜具留は手近のそのヤシの実に似たそれを一つ、斧を使って切り出し、かかえると、飛ぶように引き返してきた。

わたしを攻撃してきた神使機はおとなしくなっていた。わたしの傷口から出た血を感知して、やり過ぎたと思ったらしい。

いやいや、その神使機は、自分がなにをしているのか、わからなくなった、というのが正しい。無事に帰ってきたいまは、そう思う。

その神使機はだれの命令も受けることがなくなり、存在意味を失っていた。かつての人間の頭が生み出した人工物なのに、目的を失えば単に自律して動く物体にすぎない。それは、いまの自分や自然と同じではないかという気がして、わたしはおとなしくなったそいつをなでてやった。小指の指令もなく、言葉も通じなかったが、そいつは理解したらしい。再び攻撃してくることはなかった。

亜具留は戦利品をかかえると神殿をとび出し、早く、と叫んだ。

わたしは動きをとめた神使機からはなれて、なつかしい小部屋を出た。すると、そいつも、もぞもぞとついてきたのだ。神使機が。まるで、独りにしないでくれ、とでもいうように。

それで、そいつはいまでもわたしのもとにいる。料理も掃除も石の家の修理も手伝わない。だが外でわたしが食事をするときはわたしのわきで見ている。背に光発電ボードをつけてやったので、日なたぼっこをし、夜はわたしの寝息のきこえる北の窓の下で脚をたたんでじっとしている。

わたしがメンテナンス技術をもっているので、それを受けるのがうれしいのだろう。そう思えば、なんの役に立たなくても、かわいい。スポーツを教えておかなくてよかった。下手に運動されたら、こちらの身が危ない。

亜具留はわたしの傷がよくなるまで通ってきたが、最近はあまりこない。理由は予想どおり、単純でかつ重要なこと、好きな女の子ができたのだ。

彼はせっせと自分の物語を若い恋人に話していることだろう。わたしの物語をまぜあわせて。物語もまた肉体とはなれて変化変容する自然の一部だ。

亜具留の取ってきたあれを食った村の長老はといえば、案の定というべきか、腹をこわして、たぶんそれで寿命を縮めた。信心が足りなかったのだ。天罰てきめん。慣れないことをしてはいけない。

というわけで、わたしはいまも門番をつづけている。空がスープだったらな、というのもあいかわらずだ。

ただ、いまでは家で待っているペットがいるので、村からの帰り道はさほど遠いとは感じなくなった。神使機がこのような役に立つなどというのは、作った連中には予想もできなかったことだろう。なんの役にも立たないことで役に立つ、などというのは。

まあ、悪口は言うまい。これを作った連中がどこで聞いてるとも知れないから。彼らはなにせ、神なのだ。

猫の棲む処

その猫の餌箱は木製で、飼い主の老人による手造りだった。五〇〇グラムほどのドライフードを入れられるそれは、猫にとっては、いつでも餌が食べられる魔法の箱のようなものだった。

老人はその箱を空にすることはなかったし、いつもきれいにし、磨かれたその表面には愛情をこめて〈ソロン、おまえの餌はここ〉と書かれていた。

その上部には、箱の中の餌を受ける皿が（それも箱と一体化した木製の一部分だったが）ついていて、一食分のドライフードがたまるようにできていた。

その皿に出ているフードがなくなると、箱のわきにあるこれも木製のレバーを押すことであらたな一食分が箱から出てくる仕掛けになっていて、皿の部分にまだフードがあるときは、レバーを押しても皿にたまっている餌に邪魔されて箱の中味は出てこない。

そうした仕掛けを、その猫、ソロンは理解していた。そのレバーを前足で押せば、餌が出てくるということをソロンは知っていた。

だから、皿のくぼみ部分にまだ食べかけの餌があっても、それをかき出し、レバーを押して、箱の中にある新鮮な、おいしい匂いがとんでいないやつを出す、ということをよくやって、老人に叱られたりした。

「食べ物を粗末にしてはいかんぞ、ソロン」

老人はそう言って、残した餌を集めると、湿ったものはべつにして、木製のその餌箱の上部の蓋をあけ、それを入れた。

「ほらな」と老人は猫に言った。「罰あたりなことをすると、いずれわが身に返ってくるってことだ。ま、おまえは覚えてはいまいが。忘れていても、因果はめぐるんだ。まずいものが出てきたとしたら、それはおまえのせいだからな」

そういう餌は、たしかに少し匂いが新しいものとは違っていたが、それが自分のせいだとはソロンは理解しなかった。

ソロンにとって大切なことは、レバーを押せば餌が出てくる、という事実だった。うまい餌かどうかはべつにして、その期待が裏切られることはなかった。

だが、その日、そのときは違っていた。ソロンはレバーを押してみた。

しかしあらたな餌が出てくる音はしなかった。ソロンは皿の奥を引っかいてみたが、フードのかすの細粉が前足についてきただけだった。ソロンはそれをていねいになめ、舌なめずりしながら、出窓の縁にとび乗って外を見た。

　森が夕日を浴び、ざわめいている。家の前にはソロンの遊び場である老人の畑があった。いまはトウモロコシが茂っている。それが風に揺れると、その間から飼い主が出てくるとでもいうように猫はそれを注視したが、ただトウモロコシが風にさやぐだけだった。

　ソロンは出窓をおりて、反対側の窓へ行った。老人のベッドの上にあるその窓。ベッドのヘッドボードに乗って、窓框に前足をかけて外をのぞき見た。日が沈もうとしていた。荒れ地だった。乾燥している。家から石畳の道が荒野に向かって伸び、かなり先に岩山があって、その道はその岩山にひらいた大きな洞窟につづいていた。その方向はソロンにはなじみのない、行ったことのない世界だったが、老人がそちらへ行くのをこうしてながめていることはよくあった。

　そちらから老人がもどってきて餌をくれるのではないかとソロンは期待するように、しばらくそうしていた。

　それから、そこをはなれ、ベッドをとびおり、入口ドアに体当たりし、開かないのに腹をたてて、爪でひっかいた。

　無駄だと知ると、もういちど餌箱に近づいた。周囲に自分がかき出した餌が散っている。ソロンはそれでがまんすることにした。

いちおう空腹が満たされると、顔を前足で洗い、毛づくろいして、また出窓のところへ行った。ソロンの寝ぐらはそこだった。老人の手作りクッションの上に乗り、ソロンはふところに前足を入れて外をながめた。

日がとっぷりと暮れても老人は帰ってこなかった。

ソロンはうんと伸びをすると、身体を丸めて眠った。前の晩もそうだった。その前の夜も。何日すぎている、という感覚はソロンには無縁のものだったが、餌は確実に減っていた。

夜中に起きたソロンは、また餌箱のレバーを押してみた。ひっかいても押しても、餌は出てこなかった。

水だけはまだたっぷりとあった。流しの上にとび乗って、水道から垂れている水滴を受けるボウルの水を舌をならして飲んだ。水道の蛇口から滴る水を前足でつかまえる遊びをして、それに飽きると前足を振り、きれいになめると、ソロンは老人のベッドに乗った。毛布に頭を突っ込んで飼い主の体臭をかぎ、そこにトンネルを作ると、もぐり込んで眠った。

朝になって室温の上昇を感知したエアコンが作動し、冷風を送りはじめるとソロンは目を覚ました。

ソロンは伸びをして、出窓に行った。だが、老人はもどってはこなかった。

＊

夜が明けるとその猫は出窓の縁で朝日を浴びながら、入念に毛づくろいをして、それに満足すると入口ドアに前足をかけてうんと伸びをし、飼い主の老人に外に出たいことを伝えるのがつねだった。

その時分には老人も猫と同じように着替えをして顔を洗い、夜中に猫が食べて減った餌を補給し、自分の朝食を作る前にドアを開けて猫を表に出してやった。

「遠くへ行くんじゃないぞ、ソロン」と声をかけて。

それから老人は入口の自動ドアを開放状態でロックすると、簡単な朝食の用意をするのだった。

朝出てゆくソロンが遠くに行かないのを老人は知っていた。

朝のソロンは小さな家の周りの匂いをかぎ、草を選んでその葉をはみ、畑へ行って土を掘ると用を足し、老人の朝食の匂いに引かれたようにもどってきて、自分の餌を食べるのだ。

日が高くなる前に老人は畑仕事を終える。

その間、猫も外での自分の仕事をやった。

地に伏せて小鳥を狙い、家のわきのガラクタの積まれた中に入り込んだバッタを追い、くたびれると日陰で風に吹かれる作物を見つめた。

ときおりソロンは、老人が心配する方向、森を見つめて、誘われるようにそちらへ足を踏み出すことがあったが、すぐにあきらめた。

老人が使っている農作業用の六脚のロボットが、老人がそれにプログラムしたとおりにソロンの前に立ちふさがったからだ。

ソロンはそのロボットが嫌いだった。大きいうえに、移動するときにガシンガシンという音を立てるからだった。

銀色のそれが近づいてくるとソロンは自分がなにをしようとしているのかを忘れてしまうようだった。もう追ってこないとわかるまで逃げて、ふと立ち止まって毛づくろいをした。

そんなとき、老人が笑いながら「ソロン」と呼ぶと、駆けよってきて、老人が差し出す握りこぶしに頭をすりつけた。

ごりごり、と。老人はその感触が好きだった。たぶんソロンのほうもそうに違いないと老人は思い、ソロンの持っている野性の一部分を自分が奪っていることは罪悪ではないかと疑った。

午後は、老人と猫はそろって昼寝をした。

夜と雨の日はどちらも外には出なかった。表に出ないときは、ソロンは老人の作った猫用玩具の木のボールにじゃれたり、窓から雨のしずくや夜の闇を見たり、餌を食べ、砂箱のトイレを使い、それから、老人の手仕事の邪魔をしたり、相手にしてもらえないと非難するような「クァーン」という声で鳴いて表に出せとドアをひっかいたり、老人の足にまとわりついたり、老人の仕事道具の箱をひっかき回したり空箱にとび込んで叱られたりし、そうでないときは寝ていた。

老人は畑仕事以外に二種類の仕事をしていたが、猫のソロンには、その仕事がどういうものかは、どうでもいいことではあった。その内容を理解しなくても生きてゆけるのだから。

が、ソロンは、老人が畑仕事以外の日常とは別のパターンの時間を持っていることは知っていた。老人が、その仕事のときは、ソロンを家に入れたまま留守にするからだった。猫に留守番をさせるとき、老人は子供に言い聞かせるように、どこへ行って、いつ帰ってくるかを、ちゃんと説明した。

ソロンはその説明には無関心のようだったが、珍しく老人の目を見つめて聞いているときも〈はい、わかりました〉などという意志表示はしなかった。それでも老人は、黙ったまま出て行ったりはしなかった。ソロンはいっしょに暮らしているパートナーだったから。

老人が家をあける時間は、長くても二晩、たいがいは朝早く出て日が暮れるまでにはもどってきた。ソロンがその時間を長いと感じているかどうかは老人にはわからなかったが、出てゆくときソロンは閉じ込められる気配を察して不満そうだったし、帰ってくれば、老人を飼い主だと認める短い間、毛を逆立てて侵入者を威嚇する素振りを見せたから、ソロンが留守番を快く思っていないのは明らかだった。

言葉など通じなくても、ソロンはちゃんとなにもかも知っていると老人は思い、帰ってくるとその猫を抱き上げて、謝った。ごしごしと手荒に頭をなでられるソロンは、しばらくはその過剰な愛情表現を受け入れるのだが、そのうち四肢を突っ張って老人から逃れて、フッと怒ったような声を出したり、毛づくろいをしたりするのだ。

その様子は、ソロンが〈あんたなどいなくても、ぼくは独りで生きられる〉といっているようであり、また〈そうはいうものの、独りよりはあんたがいたほうがましだ〉とも受け取れたし、老人はそんな猫の性格が好きだった。

ソロンは、この猫は、単独で森へ行ってもそこで生きていけると老人は思っていた。ソロンがその気になれば、ロボットが邪魔をしても出て行くに違いなかった。

ここと、この自分が気に入っているからソロンはこの家にいるのだと老人は思った。ここにいれば安全だとソロンは知っているのだ。野犬やカラスに襲われるようなことがあっても、追い払ってくれる者がいるし、餌の出てくる木の箱もある。

老人はそんな猫の平和な生活を裏切りたくなかったので、家をあけるときは、安全な家にソロンを入れて出て行くのだった。ソロンのいる家に帰るために、そうした。ソロンのいる暮らしを、老人は失いたくなかった。

シッ、という音が老人の口から発せられると、ソロンは老人の足元をすり抜けて開いたドアから外へ出ようとしていた足を止めた。

「留守番だ、ソロン」と老人が言った。「神殿へ行ってくる。神殿の中で生きている少年が、表の世界を見たいと言っている。彼には身体がない。身体がないということがどういうことか、わかるか、ソロン」

老人はひざまずいて、猫を抱き上げた。

「こんなことができないということだ。おまえをなでることもできない。彼には実体がない。データ化された意識だけだ。身体データを納めた装置が神殿の中にある。少年はそこから出られない。おまえの話をすると、抱いてみたいと言う。わしの身体を使えばできるんだ。ま、わしはそのためにいるようなものだからな。大丈夫だ、わしはどこにも行かん。消えやしない。脳みその一部を少年に貸してやるだけだ」

ソロンは開いたドアを見て、老人にあらがい、その手から逃（のが）れて床にとびおりた。

老人は素早くソロンの前に手を出し、「シュッ」とより大きな声を出した。「シ、シ、シー」と。

ソロンはあとずさった。

「シュー」という音は、猫を本能的に警戒させる。母猫が、仔猫に向かって〈危険だから動くな〉と知らせる音だった。その制止は強力で、仔猫は敏感に反応する。

ソロンはもう仔猫ではなかった。母猫よりも老人との暮らしのほうがずっと長い。その音はソロンの本能に働きかけ、注意は引いたが、老人がドアの前でそれをやるときは外に出るなという威嚇的な命令であり、ソロンには不快で耳障りなものだった。とくに、大きな声で、シシシと連発されると、ソロンは大急ぎでドアと老人から離れた。

「わるく思うなよ、ソロン」

ベッドの下に逃げ込み、顔だけ出しているソロンはいかにも不審そうな目をしていて、わるく思っているのは間違いないところだったが、それを相手にしていてはいつまでたっても家を出られない。

「じゃあな、ソロン。おとなしく待っていてくれ」

表に出るのをあきらめたソロンにそう言うと、老人は仕事に出掛けた。

外に出ると老人はソロンを心配するのはやめた。水も餌もたっぷりあるし、エアコンもきいているのだから、と。

石畳の道は、老人の身となったいまでは、けっこうきつかった。

石畳の道の先には、神殿がある。神の宿る処であり、うかつに近づいては神罰が下ると村人たちが信じていた場所だった。

老人の子供のころは、すでにその神話は失われかけていたが、忘れ去られていたわけではなかった。近づいてはいけないというタブーは生きており、幼かったころの老人は好奇心をこらえることができず、神殿に入り込んだ。いつも禁を破るのは子供だ、と老人は思い、自分の人生を決めてしまったそのときのことを、そこへ向かうとき、思い出すのだ。

その記憶はもう、実際に自分が経験したことだったのか、あるいは過去多くの、いまの老人と同じ役目を負って生き、死んでいった神官たちのものなのか、あいまいになっていた。

神殿の中に、猫の眼のように光るものがあって、そこに近づくと、輝点の間に手の差し込めそうな空間があった。そこに手を突っ込んだのがそもそもの始まりだった。たぶん。

指先に痛みを感じたが、引き抜くことはできなかった。神官になるための処置をほどこされ、終わったとき、自分のものではない記憶が頭に入り込んでいた。その老人は、幼くして代代の神官たちの記憶をもつ、そのときは身体は少年だったが、意識は数百年を生きてきた老人になっていた。少年だった彼は、もはや少年として生きてゆくことはできなかった。おかしなことを言い出した少年を、村人たちは気味わるがり、そして神話とタブーを思い出し、神殿を護る仕事を彼に与えて、村の外で生きるようにと宣告した。彼には、村人に言われずとも、やるべきことがわかっていたし、独りで生きてゆく方法も与えられていた。過去の神官たちがしたように、神殿近くに家を造り、神殿を護り、村人たちのところにときどき出掛けては、神の知恵を分け与えるのだ。

もっとも、老人が神官になった時代には、村人たちは自らの生存を左右する災害などとは無縁で、神の知恵に頼るしかないなどという事態は、文字どおり神話の中にしかなくなっていた。

老人が村人たちに与える知恵は、生命にかかわるような事態に関するものではなく、生活を便利にさせるちょっとしたヒントのようなものになっていた。発電機や、照明、ポンプや冷暖房といった道具を造ること、それらの修理。その完璧な見本ともいえる家を老人は自分で造り上げたのだ。

材料は神殿の近くにいくらでも埋まっていた。老人はかつて神殿内を護っていた神使機という六脚のロボットを整備して、それを使ってそうした仕事をした。

その昔、身体をもたない神たちが、その神使機を使って外界を経験し、ときに村人たちを襲ったりしたのを、老人は過去の記憶から知っていた。神が、もとはといえば人間だったということも。

ヒトは、ある時、肉体を放棄して、意識のみの存在になることを選んだのだ。

はっきりした理由は神官の記憶でもわからない。ひとつではなかったのだろう。肉体を捨てなかった人間もいた、その理由も、単純なものではなかったに違いない。

ヒトが種として絶滅しかけていたのかもしれないし、そのままでは自然が滅ぶことを怖れたのかもしれないし、自ら幻想的存在になることを、技術が発達したためにそれをやらずにはいられなかったのかもしれない。

肉体を捨てなかったいまの村人の祖先たちも、神になることを許されなかった弱者だったのかもしれないし、他の自然を絶滅させてでも自らは生きようとした我の強い者たちだったのかもしれないし、単にヒトがヒトという一種類にまとまることを自然が許さなかった必然、単なる物理法則の一つの現われにすぎなかったのかもしれない。

それら、考えられるすべての理由が本当だったろうと老人は思う。全体としては、神殿という仮想空間を実現させる空間に肉体を棄てて入り込んだヒトと、そうでないヒトに分かれたわけだが、どちらを選ぶにしても個人の次元では、およそありとあらゆる理由があったはずなのだ。

分かれた後も神殿と外界との間にいろいろあったが、いまでは、神殿の中の世界は、少しずつ均一化しているように老人は感じていた。その変化がどういうものか、どうなってゆくのかは、老人には予想できなかった。巨大な一個の脳のようになるのか、あるいは、ゆっくりとした死、なにも考えなくなる、変化のない状態へ移行しているところなのか。

なにも考えないことが死なのかどうか、それは違うかもしれない、と老人は思う。

神殿のシステム自体は、うまくいけば太陽が死ぬまで続きそうだったが、もしそのままシステムが機能して、その内部状態がある一定値を保ちつづけるとしたら、外部状態に左右されずにそれが続くというのは奇跡的な超自然現象に違いない。それはもはやヒトではなく、コンタクトしてもなにも伝わらず、想像も理解も不可能な世界で、それはなにも考えず、しかし、存在するのは間違いない。それが死なら、その神殿は、死を永久にとどめようとしているヒトの意志の現われ、生きている墓標だ。

死や墓などと考えるのは、自分が年をとったということなのかもしれない、と老人は思った。神殿の世界がどうなるにせよ、その変化はごくゆるやかだったから、その終わりなど予想もできない遠い未来のことだろう。老人にはいまやるべきこと、楽しみが、あった。外界のことに興味を示している一個の個性、個を失っていない意識の相手をすることだ。

洞窟に入ると老人は暗闇に目を慣らして、神殿の入口の最初に立ちふさがる厚い扉の、それを開く鍵穴を探した。鍵は自分の指先だった。穴に入れると扉が自動的に開く。

自分が死んだら、この扉は開いたままになり、そして次の神官になるべき人間が入ってくるのを待つに違いないと老人は思う。かつて幼い自分が来たときのように。神官のいない空白状態は何世代も続くかもしれないが、神殿内の意識にとっては長い時間ではなさそうだった。もし意識が空白にがまんできなければ、神使機が動き神官候補を積極的に求めるだろう。それは神と人間の戦いになるかもしれない。これまで何度かあったように。だがいまは、自分がいる間は、それはない。それが自分の使命なのだ、と老人はあらためて思い、内に入った。神官の間だった。そこに入ってしまえば、もう目を閉じてもやれる。

老人は奥へ進むと、そこにある聖台に横になり、左手を伸ばして頭の先にある二つの輝点の間の穴に差し入れた。

指先から、神殿内の世界が侵入してくる。仮想の世界だった。老人の脳はその世界を現実として受け取る。神殿にはそのような、外部の脳を自己世界に受け容れるセンターがあって、その老人に仮想の身体を与えた。

その身体は現実の老人のものとは違って、疲れも故障も知らず、軽く動かすことができた。息が切れることも、膝が痛むことも、空腹に悩むこともないその感覚は、若いころには違和感があったが、老人になったいまでは、気分も若返る新鮮な喜びだった。

清潔なビル街を、その身体を使って歩くことができた。走ることも、歌い、踊り、笑うことも、できた。だが、その街は、ひっそりとしていて、走ったり歌ったり踊ったり笑ったりする人間に出会うことはあまりなかった。過去の神官たちの記憶とは違ってきているのだ。かつてのにぎやかさはなくなっていた。ここに保存された意識は、無数の人間たちのそれは、決して失われることはないはずだったが、街は静かだった。

それらは失われることはなくても、変容はするのだ、と老人は、一人の少年と約束した公園に向かいながら思った。

かつて人格を有していた意識は、長い間に変容したのだろう。消えてはいない。もはや人間の個としての意識にこだわらなくなったために、街は無人化が進んだように見える、そういうことなのだ。個と個が融合しあったり、あるいは、ヒトとしての個意識が薄れて、もうヒトの形を取る必然性がなくなっているのだ、と老人は思う。それでも神殿内のセンターは、街やこの世界空間そのものは、決して消そうとはしない。神官のような外部から入ってくる者をとまどわせないためだろう。

つまり外部の現実世界との接点を持ちつづけるように機能すべく、そのように造られたシステムだからだ。意識たちが、まったく外界に興味を失っても、この仮想の街は存在しつづけるに違いなかった。

公園は広く、中央に池がある。木が茂り、ベンチがある。

来るたびに、木が増えているように老人は感じた。人の気配のないビル街とは対照的に、公園は活気づいてゆくようだった。

これらの木や草やベンチや、岩や風や光は、かつてはヒトの形をしていた意識が変容したものではないかと老人は思った。すべての木がそうではないにしても、そんな変化があるのは間違いなさそうだった。そんな木や岩とはもはや話すことができなかったので、直接たしかめることは不可能だったが。

少年は水浴びをしているところだった。

老人を認めると少年は池から出て、笑った。

人形のような身体だった。少年と思っていたが、老人はその裸身をあらためてよく見て、そうではないことに気づいた。しかし少女でもなさそうだった。性別など、なんの意味もない。そういう世界をその身体が現わしているわけだと老人は悟った。新しい個性を生もうという興味を失ったのか、その力がなくなったのか、あるいは、この少年は、時期がくれば、男になり、女かもしれないが、異性を求めるべく変身するのかもしれない。

「来てくれたんだね」

「約束だからな」

少年はベンチにかけたタオルで身体をふき、短パンにTシャツを身につけた。ヒトの身体を持ち、ヒトの生活を守って生きているこうした意識はいまや珍しい。

「ママがね、猫は飼ってはだめだって。うちにはジョンがいるし。犬だよ。猫は勝手な生き物だから、面白くないって」

「ここにいる犬や猫は、本物じゃないんだ。ここには本物の犬や猫の意識は入れられなかったからな」

この世界の犬や猫は、あらかじめセッティングされた街や木と同じく、風景の一部にすぎない。それらの犬や猫は、犬は忠実で猫は身勝手だ、というような、ここにいるヒトの意識によってコントロールされた、概念的な幻影にすぎない。

犬や猫だけでなく、およそありとあらゆる、ヒトが知り得た動物の、形や生物の種としてのデータがセンターには入っているに違いなかった。恐竜にもここでは会えるだろう。

　この世界は現実空間の大きさの制限とは無関係で、制限といえばデータ容量だけだった。無数の動植物が用意されているのは間違いない。それらはしかし、ヒトの意識とは違って、生きてはいなかった。本物ではないのだ。

「ジョンは勝手だよ。こちらが眠いのに散歩につれていけとせがむし」

「そのようにプログラムされているからだよ。ここの犬には、心はない」

「本物の犬にはあるの。猫には、どう」

「本物の犬や猫も、本能というプログラムに従って生きているんだ。しかしだからといって、心がない、とはいえないだろう。だが、ここの犬には、心はない、とはっきりいえるよ。本物じゃないんだからな。心があるように思えたとしても、それは本物の犬のものとは違うんだ」

「友だちの犬は喋ることができるよ」と頭をふきながら少年は言った。

「喋る犬だって？」

「うん」

「そいつはまさしく」と老人は言った。「犬じゃないな」

「どういうことさ」

「それはヒトの意識が犬の形をとった、元はヒトだよ。退屈しのぎに犬にでもなってみようかと、そんなところだ。でなければ――」

「犬になりたかったんだよ」

「その犬が、本当に犬になりたいとしたら、いずれ喋らなくなる。そいつは、たぶん、言葉によるコミュニケーションがわずらわしくなって、ヒトであることをやめたんだ。もしそうなら、わしなら犬ではなく猫を選ぶだろうな」

「どうしてさ」

「猫は勝手に生きられるからだよ。単独で生きられる。犬は違う。リーダーを必要とする。群れて生きる生物だった狼の血を引いているからだ。ヒトも同じだ。群れて、生きる。単独では生きられん。独りでは、寂しい。だが猫は違う。独りでも寂しくない。たぶんね。わしはときどき猫になれたら、と思うときがある」

「寂しいから？」

「そう。ときどきだが」

「猫になれば寂しくなくなるの」

「さあな。猫には猫の心があるだろう。なってみなくては、わからない。しかし、ヒトは、猫にはなれん」

「ここで猫になればいい」

「本物の猫にはなれない。わしには身体があるしな。いずれにせよ、ここの猫は幻想だ。

意識が生んでいる幻影だ」

「本物の猫は違うの。本当にいると、どうしてわかるのかな」

「本当にいるとは、すべては意識が生じさせている幻だ、という意味か。ここであれ、外であれ」

「そう。あなたはそう言ったことがある」

「わしの猫ソロンは決して喋ろうとはしない。話し相手になってくれればいいと思っても、猫は喋らない。猫には猫の現実がある。わしといっしょに暮らしているというのもソロンの現実の一部だろう。わしの現実と部分的に重なってはいる。しかしソロンは、わしの言語空間は共有しない。言語空間は強力な幻想世界だ。ヒトにしか共有できない。猫はその幻想空間に決して入ってこない。外で生きている。その外の世界こそ、リアルなものなんだ。きみがわしを通じて、この仮想空間の外を知ることができるように、わしはソロンを通じて、さらに外のリアルな自然というものをかいま見ているんだ。ソロンが来てから、それがよくわかるようになった」

ヒトはなぜペットを飼うのか。

使役動物はペットではない。機械におきかえることができる。機械が発達してもヒトは小動物を飼うことはやめなかった。ペットという愛玩用から、さらに心の友として、生活の伴侶だからペットではなくコンパニオンアニマルと呼び方を変えてまで、ヒトはその行為を放棄することはなかった。

「ソロンが餌を食べているのを見るのは楽しい」と老人は言った。

「優越感からだろうな」

なまいきな口調で、少年が言った。

「飼い主の、あなたのさ」

「いや、少し違う。トリが大きく口をあけたヒナに餌をやらずにはいられないように、ヒトにも餌をやることに満足を覚える本能的な欲求があるのだ。給餌本能だ。それはリアルな感覚だ。言語的な幻想とは異質のものだ。きみが、優越感と言うのは、それはまさしく言語的な仮想だ。ここの猫に餌をやっても、その仮想的な満足しか得られないだろう」

「リアルな満足か」と少年は子供らしからぬ口調で言う。「そのためにソロンを飼ったのか」

「そんなおおげさなことじゃない。独りでは寂しかった」

「犬のほうがいいと思うな」

「昔、犬を飼ったこともある。犬は本当に飼い主に忠実だ。言うことをちゃんときく。待てと命令すれば、いつまでも待っている。それがときに不憫でな。それを思い出すと、なんだか哀しく、寂しくなって、今度飼うなら猫にしようと思った。そんなときだ、ソロンが来たのは」

寂しさをまぎらわすため、あるいは、なにかをかわいがらずにはいられないため、ヒトはペットを飼う。それは間違いないと老人は思った。

だが、それだけではないはずだ、と老人は仮想の身体で目の前に立っている少年を見ながら、思った。

ヒトは、言語を自在に使うようになってから、自然とは別の自分たちの世界を生み出す力を得た。文明というものだ。ペットもその作用を受けて改良され、さまざまなものが生み出された。代表的なものは、犬。そして猫。

だが犬も猫も決して喋らない。

それこそが重要なのだ、と老人は思う。

喋る猫はもはや猫ではない。喋るということは、ヒトの言語世界を共有するということであって、そうなった猫は、猫の形をしたヒトと同じだ。ヒトは、自らが生み出した言語的仮想世界だけが世界ではなく、黙って自然をながめれば、そこには仮想ではないリアルな世界があるということを、決して喋ることのないペットを手元におくことで確認し、自分もまた自然の部分をまだ持っていることをペットを通じて感じ、安心するのだ。

言葉で他人と喧嘩し、言葉で過去を悔やみ、将来を思いわずらい、それに疲れたヒトは、そんな人工的仮想世界とは別に生きている生命（いのち）が存在することを、ペットに教えられるのだ。

ペットは純粋な野生ではない。餌をやれば喜んで食べるし、なでれば目を細める。言葉は通じないが、コミュニケーションがとれる。ヒトは、言語的な理解を決して許さない大自然界と、自らが生じさせて支えている人工的な世界とを、ペットを介して結びつけている。ペットは単なる愛玩動物ではない。人工的な言語世界と自然界とをつないでいる接点だ。自然から生まれたヒトは、母なるその自然と結びついていると感じさせる接点を必要とするのだ。その手段のひとつが、動物を飼うことなのだ。

老人はそう思い、だとすれば、この神殿内の意識にとっては、ここと外部との接点となっているこの自分は、ここの意識連中にとってのペットだな、と思い、なるほどペットよりはコンパニオンという言い方のほうがいいと悟った。この感覚を、かつて大昔の人間は理解していたに違いない。

もっとも、と老人は思う、こんな考えも抽象的な言語仮想に違いない。ソロンを飼うのは、かわいいからだ。他に説明はいらない。そのかわいさは、言葉では表わせない、リアルなものだ。それでいい。

「ソロンに会ってみたいか」

「うん。約束だろう」

「そうだな」

この少年がソロンをかわいいと思うかどうか、老人にはわからない。そう思ってくれれば嬉しいが、ここでどんなに言葉をつくしても、それは虚構のソロンを生むだけだった。

「では、行こう。わしにおぶされ」

少年はうなずいた。

神殿のセンターに少年の意識をつれ出すことをわからせるのは、少年の身体に触れて、〈出てゆく〉と思うだけでよかった。仮想の手どうしを握るだけでよかったが、老人はより一体化しやすいように、少年を背負った。

それから、公園を出て歩きはじめる。帰り道だ。特別な出口というものは仮想の街にはなかった。帰る意志をセンターが感知すると、いつものように歩く先に黒点が現われた。その黒い部分が広がる。トンネルのように。その暗闇に、老人は自分のもどるべき身体が、神官の間の聖台に横たわっているのを見る。左腕をこちらに伸ばしている姿を。その腕の両側に設置されている、神殿センターの外部視覚がとらえている現実世界だった。

(出るぞ。いいか)

(うん)

少年がこたえるのを確認して、老人は自分を出すようにセンターに伝えた。真の闇になった。

老人は目を開き、左手を穴から引き抜いた。

身体の感覚がもどってくる。左腕がしびれていた。聖台に身を起こして、深呼吸をする。夢からもどってきた気分だ。

(疲れている)

老人の頭の中で少年がいった。

「じっとしているのは疲れるものだ」

老人は聖台を降りて、口に出して言った。

「元気を出して帰ろう。ソロンが待っている」

神殿を出ると、来たときは早朝だったというのに、すでに太陽はかなり西に傾いていた。

時間の感覚が内と外では違う。

神殿の外のほうが早く時間がすぎるかといえば、そうでもなかった。老人は一刻も早く家にもどりたかったが、そんなときにかぎって時はゆっくりすぎるもののようだった。

(本物の猫かあ)

老人の頭の中で、少年がはしゃいだ。

「楽しみだろう」

休むために足を止める。

(なぜ止まるの)

石畳の道はまだ半分残っている。遠くに森が見え、その前に小さく老人の畑と家が、見慣れた老人には確認できた。

「身体がな」と老人は言った。「若いころのようなわけにはいかないんだ。おまえにも感じられるだろう」

少年は、老人の頭という乗り物に乗って、周囲の動く風景を楽しんでいるかのようだった。子供らしいな、と老人は思う。乗馬で、馬が勝手に止まれば、子供ならば、馬を気づかうよりもまず不満に思うだろう。なにしろ乗り方を教育されていない。初めてなのだから。大人なら、不満よりも不安を感じるはずだ。子供は無邪気で、それゆえ、ときに残酷だ。

(早く行こうよ。ゆっくりでいいから。止まっているのは苦しい。本物の猫が、ぼくの知ってる猫とどう違うのか、早く見てみたい)

「あわてなくてもソロンはいるさ。見るだけでなく、触ることもできる。わしの身体を通じてな。わしの息が切れているのが、わかるだろう」

(うん。少し、苦しいかもしれない)

「乗り物は、いたわるものだ。わしがここで死ねば、おまえも同じ運命なんだからな」

(死ぬって?)

「おまえにはわからんだろう。おまえの世界にはリアルな死はないから」

(元にはもどれないということか)

「そう。まさにそのとおりだ」

　自分の身体は少年にとって、真空中に出るときの宇宙服のようなものでもある、と老人は思った。生命維持にとって大切なものだ。

　しかし少年は頭で理解はできても、文字どおり肌でそれを実感してはいないらしいと老人は感じた。無理もない。なにしろ彼には身体というものがないのだからと老人は思い、そんなことでソロンを正しく感じられるものだろうかと自信が揺らいだが、まあそれは少年の問題であって、自分がソロンをかわいがることができる身体を持っているのはしあわせだと、再び歩き出した。

　家の前に着くと、老人は入口ドアわきのボタンを押して「開け」と言った。自動ドアが老人の声を感知して開いた。

(なに、これ。どろぼう対策なの)

「どろぼうなんか、おらん。そのうち、現われるかもしれんが。これはソロンが出ていかないように、つけ加えたんだ。ボタンを押すだけだったんだが、音声感知器を加えたのは、猫ならボタンを押すと開くことはすぐに覚えると思ったからだ。このドアはわしの声でないと開かない」

(うまく考えたね)

「そうだな。ペットを飼うにはそれなりの苦労が必要だ。飼われる猫のほうも、だが。安全と餌が手に入るんだから、少しの間、閉じ込められるのもがまんすべきだろう。ソロンは、がまんなどしとらんと思うが」

（ギヴアンドテイクの関係を理解しているわけか）

「ときどき、そうなのかもしれないと思うときもある。しかし、まあ、猫は、危険がないかぎり、自分のおかれた状況を、こんなものだとあきらめるというか、気にしない能力があるんだ。ヒトとは違う。あれこれ空想してくよくよしたりはしない」

ソロンは出窓で寝ていた。ドアが開いた気配で目を覚まして、開いたドア越しに外を見ながら伸びをした。それから出窓から床にとびおり、尾を立てて老人のもとに近づくと、出て行こうとした。老人は抱き上げて、「わるかったな」と言った。

（ぜんぜん無関心じゃないの）

「いや。安心しているのさ。そして抗議している」

ソロンはあくびをする。老人の目を見つめて。足元におろしてやると、その猫は飼い主の足に頭をすりつけた。

「神殿の匂いがするんだろう。ソロンは自分の匂いをわしにつけて、これは自分のだとマーキングしている」

（ぼくがいるのが、わかるのかな）

「かもしれん」

ソロンは表に出て行った。ゆっくりとした足取りで。

老人は入口わきの猫のトイレ用砂箱を持って、畑のわきにその砂を捨てた。家のわきの農具をおいてある、屋根のかかったそこに乾燥した砂が用意してあって、その砂を箱に入れると、もとにもどした。

ソロンは家の周囲の匂いをかいでいた。老人はそのあとについて見守っていたが、ソロンが畑に向かって歩きはじめると、追って、ひょいと抱き上げて家にもどった。ドアを閉じて、ソロンを放す。

「いつもはもっと散歩をさせるんだが、きょうは客がある。家で遊べ、ソロン」

(客って)

「おまえさ。どうだ、猫は」

(想像以上に馬鹿だな)

「それはないだろう」

(ママの言ったことがよくわかるよ。馬鹿じゃなければ勝手な生き物だ。尾を振らない)

「こういう生き物なんだ。勝手だと思うのは、それこそヒトの勝手な考えにすぎん。そんな理屈より、どうなんだ、触ってみて」

(やわらかい毛だね。匂いがしない。眼がきれいだ)

「そう、そういうことを味わわなくては、ここに来た意味がない」

(だけど、街の猫も、そうだよ。ぜんぜん変わらないよ)

「違うさ。神殿の中の猫は、おまえやセンターが生じさせたデータを再生したものにすぎない。でなければ、ヒトの意識が猫に変化したものだ。ソロンはそうじゃない。本物だ。ちょっと会っただけではわからないだけだ。神殿内の世界はよくできているからな」

少年がさほど感動していないのを、それはしかたのないことなのかもしれないと、老人は思った。ソロンは自分にとっては特別な猫なのだが、少年にしてみれば、神殿内に用意されている猫とさほどの違いはないのだろう。その世界は現実をモデルに創り出されているのだ。リアルにできている。本物の猫が実は喋ることができ、ソロンが喋ったというのなら、少年は驚いたかもしれないが。もっとも神殿内世界では喋る犬がいるというのだから、ソロンがなにをやるにしても少年を驚かせたりはしないのかもしれない。

結局、少年を驚かせたり感動させるには、彼にとって特別な猫でなければならないのだ。ソロンではなく、少年の、猫が必要だ。そう考えれば、少年のソロンに対する態度はごく自然だろう。

そう思いつつも、少年の反応のそっけなさに老人は少しがっかりしたが、ようするにそれは自分のソロンに対する思い込み、親馬鹿ならぬ猫馬鹿とでもいうものだ、と自分を慰めた。

それでも少年はソロンにすぐ飽きたりはしなかった。猫に興味はあるのだ。老人はそれで気をとりなおし、質問にこたえてやった。

　ソロンは餌箱のレバーを押して、餌を食べはじめた。そうすれば餌が出てくることを知っている、と言うと、（利口なんだな）と少年はいった。感心したように。老人は嬉しくなり、自分用の食事を作る前に、台所のストッカーからソロン用のドライノードを出して餌箱に補給した。

　シャワーで汗を流し、面倒な食事を作るには疲れていたので、コーンスープとパンで夕食をすませた。日が暮れていた。

（ソロンのほうがいいものを食べているみたいだな）

「かもしれん。手間がかかっているのはたしかだ」

（でも、けっこういい暮らしだね）

「シャワーや畑の水は雨水を貯めたものだが、飲み水は井戸だ。そのほうがうまい。ポンプもある。わしは村人にその技術を教える仕事もしている。その礼に、肉や魚を乾燥させたものをもらう。ソロンのドライフードもそれで作るんだ」

　知識があるから、道具を作れる、と老人は言った。村には、老人が作らせた小さな工場もあった。材料は神殿近くを掘れば、出てくる。

「ヒトが残したものだ。完成品を保存したかのようなものもあれば、捨てられた部品にしか見えないものもある。たとえば、これは」

と食事を終えた老人は、ワンルームの、台所とは反対側の棚に行き、修理してあるさまざまな部品の並ぶそこから、一つを手にとった。

「声を録音するものだ。わしが作った。小さな電池があれば外に持っていけるのだが、まあ、これでもソロンの声は入れられる」

（そんなのは珍しくもないよ）

「現実に作るのは大変なんだぞ」

電源を家のコンセントからとり、老人は再生キーを押した。

〈ミャア、ニャアア〉

と再生音。

「ソロンが餌をねだる声だよ。よく録音されているだろう」

（うん。まあね）

「しかし、こんな過去の遺物を修理したりするのは、間違いだったかもしれないと、いまでは後悔している」

（なぜ）

「ヒトは、これらを棄てたんだ。そして意識だけを残し、神殿に入った。神殿の外に残された者たちも、こんなものは忘れて生きるべきだ。でなければ、いずれ神殿内に入らざるを得ない。おまえと同様の道を歩む。最近はそう思う。墓をあばいてはいけないんだ。そうする者は、同じ運命をたどる。わしはタブーを犯したんだ。そう思う。いまさらどうにもできないが。村人たちは、もはや不便な生き方にはもどれないだろう」

（みんな、神殿内に来ればいい）

「そうだな」老人はうなずいた。「それがいいのかもしれん。回り道をせず、すぐに」

老人はソロンを見つめた。独り遊びに疲れたソロンは、老人のベッドの上で丸くなって寝ていた。

「ヒトが仮想になってしまえば、猫も野生にもどるだろう」

（危険がいっぱいだよ、野生の世界は）

「多くの動物にとって、ヒトこそが最も危険な存在だった。絶滅させられた種は数知れない。しかし猫は生き延びた。猫は、ヒトの世界のことを、なにもかも知っているんだ。そんな気がするときがある。だが、そのことを悟られないように生きている。ヒトと同じ仮想世界を生じさせては、いずれ自分がヒトと同じ運命をたどる。ペットたちはそれを理解している。だから、喋れるのに、決して喋ろうとしない。猫は、仮想ではなく現実を選んだんだよ」

（本当に、そうなの）

「わしの幻想だ、もちろん」

（真実かもしれないよ。本物なら、きっとそうだ）

「それは反対だ。神殿の猫こそ、そうなのさ。現実の猫は、ただ猫だ。見てのとおりの」

(見てるだけじゃ、わからないよ)

「わしらが見ていないところで喋ろうと、そんな猫は存在しないに等しい。確かめようがないんだ……こんな考えもヒトだからだろう。疲れた。もう寝るぞ」

老人は録音装置を棚にもどし、着替えた。

ソロンのわきにもぐり込み、照明を消した。少年は不満そうだったが、老人は肉体も心も疲れ切っていた。ソロンをなでていると気分が鎮まり、老人は眠りにおちた。

しかし少年は、眠らなかった。

老人の意識が身体から離れると、少年は老人のかわりに、その身体を操って、起きた。暗闇の中でソロンが餌を食べている音がしていた。少年が老人の身体で近づいてもソロンは無関心だった。

(おまえはリアルな猫だという。仮想の猫とどこが違うというんだ)

神殿世界の猫には心がない、と老人が言ったのを思い出した。

(おまえには心があるのか。ないようなふりをしているだけなのか。それなら神殿の猫と同じだな。現実の猫なら、いまはそんなふりをしなくていい。ぼくは現実の人間じゃないからな。なにもかもわかっていて、そんなふりをしているのか、ソロン。ぼくがわかるなら、お手をしてくれよ)

猫は舌なめずりをして老人の顔を見上げただけだった。

(そう簡単には本性は出さない、というのか。ま、そうだろうな。おまえはここの暮らしが気に入っているらしいから)

ソロンは入口ドアをひっかき、爪をといで、それから老人の前で見上げて、「ニャーン、ニャア」と鳴いた。

(外へ出せ、というんだな。そうか。閉じ込められるのはいやなんだ。それは、しかたがない。あきらめろよ、ソロン)

出してもらえないとわかると、ソロンは出窓の自分のねぐらで外を見つめた。

(いつでも出られたとしても、おまえはここにもどってくるのだろうな)と少年は思った。(飼い主にわからないように出て、もどって、知らんぷりをしていればいいんだ。そうだよな。飼い主にわからなければ、なにをしてもいいわけだ……)

そんなソロンの本性をどうすれば確かめられるかな、と少年はしばらく考えた。

ドアのボタンを押して、老人の身体で「開け」と言ってみる。

もちろんドアは開き、ソロンが出窓をとび降りて駆けてきた。少年は素早くドアを閉める。

目の前でドアが閉まるとソロンは後ろ足で立ち前足を両わきに垂らし、背を丸めて頭をかがめると腹の毛づくろいをしはじめた。出る気など最初からなかった、とでもいうように。

「おまえでも開けられるようにしてやるよ、ソロン」と少年は老人の声で言った。「音声応答装置に、おまえの声も登録してやればいいんだ。簡単なことだ」

少年は、寝る前に老人が見せてくれた、ソロンの声を録音した装置を持ってくると、電源を入口わきのコンセントからとり、ドアの応答装置に、ソロンの録音音声を聞かせて、その声にも反応するようにセットした。

そのやり方も、コンセントの位置も、録音装置の操作も、みな老人を起こすことなく、その知識を利用して、できた。

それから少年は、また出窓にもどって毛づくろいをしているソロンに、声に出してドアの開閉方法を説明してやった。

「ボタンを押して、三秒以内にこの声を出せば、ドアは開く」

〈ミャア〉と録音機の声。ドアが開く。

「ボタンを押して、この声で閉まる」

〈ニャアア〉と録音機の声。ドアが閉まる。

「聞いているのか、ソロン」

少年は何度か繰り返した。

ソロンは、ドアの開閉音に耳を少し動かしたが、毛づくろいをやめない。理解したとは少年には思えなかった。

（ま、いいさ）と少年は道具を元にもどした。（知らないふりをしていればいい。それが猫なんだから）

老人が気づきそうになったので、少年は老人の身体をベッドにもどした。

老人は寝苦しさを覚えて目を覚ました。自分が動き回っている夢を見ていた気がしたが、思い出せない。

（ぼくも猫を飼ってみるよ）

頭の中で少年がいった。寝苦しいのは、自分の頭の中で少年がそんなことを考えていたせいか、と老人は思った。

「それがいい」と老人はつぶやいた。

（朝になったら、ぼくをもどしてくれ。ママを説得してみるから）

「わかったから……眠らせてくれ……頼むから」

（うん）

少年は同意して、黙った。

翌朝、老人は寝不足を感じさせる重い身体にむち打って、ソロンの餌を足し、家をあける用意をした。ひどく身体がだるいのは、少年が頭の中に宿っているためだろうと老人は思ったが、当の少年は元気いっぱいで、（早く行こう）と老人をせかした。

猫を飼う気になったのはいいことだと老人は思ったが、少年が興奮ぎみなのはそれだけではなさそうだと少し不審に思った。

が、そんな少年といっしょだと、ひどく疲れるのは間違いなく、少年の望みどおり早く神殿に行って身軽になりたかったので、少年のたくらみには気づかなかった。

いつものように老人はソロンに、出掛ける理由を説明して、それから、「きょうはすぐにもどってくる」と言い、外に出た。

（すぐにもどらなかったら、ソロンはどうするかな）

歩き出した老人の頭の中で少年が楽しそうにいった。

（考えたことがないのか。もどらなかったら、あの猫はどうするかってことだよ）

「なんだと」

「なにをいっている」

（こちらの喋ることを猫はみんな理解している。わからないふりをしているだけだ。あなたはそう言った）

老人は少年の考えを読んだ。

昨夜の夢は、夢ではなかったのだと知り、家にもどろうとしたが、身体が自分の意志では動かなかった。

そのまま石畳の道をそれて畑のほうへ行く身体をどうすることもできない。

「あれはわしの幻想だと言ったろう。ソロンにドアは開けられんぞ。応答装置にそんな細工をしてもだ」

（それは、わかるもんか。ソロンは餓死よりは本性を表わすことを選ぶさ。リアルな猫ならそれができるはずだ）

「ばかな。おまえは現実というものを知らないんだ。狂っている。身体のコントロールを返せ」

（これは、あなたが望んだことでもある）

「違う」

（違わないさ。反対する意志があれば、できたはずだ。黙って見ていればいい。わくわくするじゃないか。本物の、猫の正体が見られるのだから）

畑の端で老人の身体は地面に伏せ、家の入口を見守った。これは少年にとっては、ちょっとした好奇心を満たすための実験だろうと老人は思った。

少年の時間感覚は異常だった。太陽がふいに目に見えて動き、影がぐんと伸び、あっというまに夜になった。老人はその異様な感覚に酔った。

（あなたは寝ていればいい。ぼくが見ているから）

十日もこのまま水をとらなければ死ぬ、と老人は少年にわからせようとしたが、その思いは伝わらなかった。

　少年はソロンが出てくるかどうか、それしか頭にないのだ。あっというまに三日がすぎて、少年にも老人の体調の異変がわかった。

　居心地がわるいのに気づいたが、そのときはもう遅かった。

（どうしたんだ）

「おまえの望みどおりだ。もう立つこともできない」

　乾いた唇をなめて老人はそう言い、そして自分でも意外なことに、満足の笑みが浮かぶのを意識した。そう、これは自分が望んだことなのだ、と。もう自分は長くはなかったのだ、これが最期の、自分の望みだったのだ、と。

　少年が抱いた好奇心を、自分も持っていた。

　そう思うと、少年の声は聞こえなくなった。

　あの少年は、神殿の中の意識などではなく、自分の分身、分裂した自己の一部だったのかもしれない。神殿の中にはなにも存在せず、すべては自分の生んだ幻想だったのではないか、そう思った。それとも、もう自分の脳が、死にかけているのか。

　老人には、もはやどうでもいいことだった。神殿のことなど。あの世界が仮想空間だというのは、間違いないのだ。自分の身体がだるく、死が近かったのも。しかし、ソロンは違う。家にはソロンがいるのだ。

老人は気力を振り絞り、入口を見つづけた。

餌箱のレバーを押しても、餌は出てこなかった。周りに散っていた食べ残しも、きれいになくなっていた。

＊

機械部品が並んでいた棚は荒れて、みな床に散らばっていた。ソロンは餌を探した。ストッカーにはその匂いがついていたが、ソロンには開くことができなかった。

不満の声をあげてソロンは室内を歩き回った。空腹も、そして自分の糞尿の臭いも耐えがたく、本能的にソロンは外に出なければならないことを感じていた。

飼い主がもどってくるのか、こないのか、ソロンはそんなことは考えなかった。十六日間がまんすれば、老人と約束した村の男がここにやってきて、異変を察すれば窓を割って入ってくるだろう、などということは老人は言わなかったし、十六日などという時間はどのみちソロンには理解できなかった。

ただ、出たかった、いますぐ、ここから。

ソロンはドアに近づき、頭でこづいた。怒りにまかせて力をこめても、ドアはびくともしなかった。ひっかいても、こじあけようとしても、ドアは開こうとしなかった。しかし出口はそこしかない。

後ろ足で立ち、ソロンは身をうんと伸ばしてドアのボタンを見上げた。ふと老人の匂いがした。いつも老人が触れているそのボタンについている汗と脂の匂いだった。

ソロンはとび上がり、前足でボタンをたたいた。そこに飼い主がいる、とでもいうように。

前足の裏の肉球についたその匂いをかいで、ソロンは餌をねだった。

「ミャア」と。

ドアが、開いた。ソロンは餌を求めて外に駆け出した。

ざらりとした感触を頬に感じて老人は意識を取りもどした。ソロンの顔があった。生臭い。すぐわきに、野ネズミの死体が見える。ソロンが表に出て、狩った獲物を見せにきたのだと老人は悟った。

(ソロン。えらいな。どうやって出た)

声はもう出せなかった。どうやってソロンは出たのか。偶然か、理解してのことか。

猫は、こたえなかった。それはもういい、と老人は思った。ソロンは、猫なのだ。理解してドアを開いたのだとしても、ヒトに悟られるようなへまは決してしないだろう。

(そうだ、知られずに、生きてゆくがいい。ヒトの幻想の外で生きるんだ、ソロン。それが猫の本性というものだ)

老人は目を閉じた。ソロンが獲物を食べる音を聞きながら、なんと心地よい音だろう、と思った。その音は、現実そのものを現わしているからに違いない……

ソロンは老人のわきで眠った。その身体が冷たくなっていて二度と起きあがってこないのを悟ると、ソロンは尾を立てて、森へ向かって歩き出す。

意識は蒸発する

準備はいいか、という声が聞こえる。準備は万端だろう、いまさらなにを言っているのだ、とわたしは思った。

仰向けに横たわる姿勢で天井を見つめて緊張しているわたしは、首を曲げて声の主を見やった。するとこのプロジェクトチームの責任者である湯浅元成（ゆあさもとなり）が、わたしを見つめていて、また「いいか？」と言った。湯浅はわたしに確認しているのだ。

なるほど、彼は、わたしの心の準備はいいか、ようするに覚悟はいいかと訊いているのだと、その表情から悟った。いまならまだ間に合うというわけだが、この場の人間はだれも、ここまできてプロジェクトが中止される事態が発生するなどということは考えていないだろう。わたし自身が、そうだ。

覚悟はとっくにできていた。万一の時は死亡、二度と目覚めることはできない、あるいは目が覚めても廃人同様になっているかもしれない、といった、予想される悪い状況について、およそ考えつくかぎりの悲惨な状態をよく理解した上で、わたしはダイバーの役目を自分から志願したのだ。

しかしそうした危険のことを思えば、湯浅がこの引き返せる最後の時点で最終的なわたしの覚悟を確認する、したくなるという気持ちは理解できた。湯浅は最高責任者だ。万一の場合はわたしが被る被害に対して全面的な責任を負わなくてはならない。そして、そうした公的な立場からだけではなく、わたしの友人としてもそうしたかったのだろう、と思う。

「大丈夫だ」とわたしは湯浅に答えた。「こちらの準備はいい。始めてくれ。開始だ」

わたしは自分から開始を宣言することで、湯浅の不安や責任の重さを少しでも軽くしてやろうと思った。そんなところにまで気が回るのだから自分は十分落ち着いている、とわたしは思ったが、自分の不安を湯浅のものとして感じているだけかもしれない。湯浅もかなり緊張していたからそうしたわたしの想いにまで頭は回らなかっただろうが、わたしの言葉自体はいい形で伝わった。湯浅は笑顔になり、「オーケー、始めよう」と言った。自信に満ちた声で。

そう、そのほうがわたしも安心だ。大丈夫、うまくいく、とわたしも自分自身に言い聞かせて、目を閉じた。

ダイブを開始してからしばらくは、なにも見えず、なにも聞こえず、自分の身体そのものも感じられなかった。まるで自分の存在自体が消滅していくように感じられたが、これは予想されたことだった。ここで心理的な恐慌に陥ると溺れてしまうので注意が必要だ、と訓練時に何度も言われたことを思い出して、わたしは恐怖をこらえた。すべては予想どおりで、なにも心配はない、と。

危険なダイビングだが、飛び込んだところは海ではない。スカイダイビングでもなければ太陽といった星でもない。そうした物理的な実体のある空間ではないのだ。

他人の意識へ潜り込む、それがわたしがやっていることだった。正確には、ヒトではない。簡単に言ってしまえば、コンピュータの数値空間へのダイビングだ。コンピュータが生じさせている仮想空間であって、たとえていうなら夢の世界のようなものだ。だれかが見ている夢などというのは現実にはどこにもないわけで、わたしはそういうどこにもない場に行こうとしているわけだった。

現実にはない空間とはいえ、それが現実ではない、ということにはならない。それは、夢を見ている者にとってその世界は現実であるという意味とは別に、夢は現実ではないかといっても夢を見ている人間は現に存在しているではないか、ということだ。

ダイブしているこの仮想空間を発生させているシステムはたしかにあった。そのシステムがどんな空間を生じさせているのか、いわばその機械がどういう夢を見ているのかを探ること、それがわたしの役割だった。

なにも感じられないというのはたしかに心理的な恐慌を引き起こしかねない恐ろしい状況だったが、しかしわたしは考えることはできて、つまり意識ははっきりしている。それを自覚することで、わたしは冷静になることができた。

わたしの意識はいま目的の世界に向かっていわば浮上中だ。時間感覚が曖昧になっているが、わたしの意識は開始時点で落とされていて、目的の世界へのアクセス時に覚醒するように計画されていた。いまは、意識がある。それはすなわち、いまは意識が落ちていく状態ではなく、反対なのだ。それがわたしを勇気づける。

わたしは目的の世界の入口付近に来ているはずだ。うまく入り込まなくてはならない。落ち着いて入口を探すのだ。それは必ずある。その先に、未知の世界がある。ある、というのは間違いないのだ。

そこがどういう世界なのかというのはよくわかってはいなかったが、とにかくそれがあるというのは、無人探査機ともいえるデータ収集用のコンピュータを接続することによって確認されていた。その発見だけでもたいしたものだった。対象のこのシステムそのものが現代のものではなかったからだ。

少なくとも三百年以上を経ている過去の遺物だ。三百年前まではこのシステムを管理していた者がいるというのは知られていた。しかしその当時からすでにこのシステムがだれによって作られたのかは曖昧になっており、ほとんど神話になっていた。それを考えれば、このシステムが作られたのはさらに何百年か遡った古代ということになろう。そんな物体がいまもなお作動し続けているというのは、だから一種奇跡的なことではある。

そのシステムが生じさせている仮想空間がどういうものなのかについては、実際に体験してみるほかになくて、だからわたしが志願してダイブを試みているのだが、しかしシステムそのものの概要については、まったくの未知なのではなかった。だから、ダイブには危険は伴うものの、ダイブを試みる行為自体はさほど無謀とは言えない。たとえば、これが超古代にやってきた人類以外の未知の生命体によるシステムであるなどというのなら、これは全人類を未知の世界に引き込む掃除機のような装置、罠であるのかもしれない、という疑惑もわくわけで、そもそもこれがどういう装置であるのかがまずわからないだろうし、もしその仮想世界に入り込めるということがわかったにしても、そう簡単にはダイブを決行してみようとはならないだろう。そうではなく、これはヒトが作った装置であるというのは、神話となったとはいえ人類の歴史から明らかだった。そのようなシステムについては、詳細はすでに曖昧になっているものの、知られてはいたからだ。

この千年というもの、地球環境は激変し、人類は何度か絶滅の危機に瀕した。自然災害やら戦争やら、原因はさまざまだったが。そのたびに生き残りをかけた手段を人類はいくつも考えて実行に移してきた。その一つに、人体の代謝を極限にまで落とし、意識だけをコンピュータ空間に移して保存する、というものがあった。いまわたしがダイブしている先もそういう集合的な意識空間の一つだ。身体はカプセル内に保存し、意識のみをコンピュータ空間に投影するのだ。

こうしたシステムは異なる時代に何種類か作られていて、わたしたちはその遺跡ともいえるそれを地球上に三個所発見していたが、いまなお作動中であるのはここだけだった。

こうしたシステムがあるというのはほとんど神話になっていたので、そうしたものがあるというだけでなくいまなお作動中だというこの発見がわたしたちをいかに興奮させたかというのを伝えるのは難しい。いまのほとんどの地球人たちは、そんなことにあまり関心を抱いていない。生活するので精一杯なのだ。いまもなお地球は千年前に比べて暮らしにくい環境であるのは間違いない。全人口は一億に満たない。というか、人口を正確に把握する手段がない。地球政府といったものがない。コロニーは無数にあるが、てんでばらばら。それらを結ぶネットワークというものがないのだ。かつては多くの国家機構が存在し、六十億からの人間がいたなどというのは、わたしにも想像しにくいことではある。

絶滅から逃れる方法の別のものとしては、地球を脱出するというのがあった。火星だ。実はわたしの祖先は火星人だ。かつて地球上の人類を襲った大災害を逃れて不毛の火星に移住した一家族ということだ。わたしの父が再び地球に移住して、わたし自身は地球で生まれた。地球帰りを父は果たしたことになろうが、わたし自身は父の影響で自分の故郷は火星だと感じていて、父親にしても地球に帰ってきたという感覚はなかっただろう。人類史を研究していた父はフィールドワークとして地球にやってきて、そのまま居着いてしまったという形だ。しかし父の移住の決心は固くて、戻るつもりはなかったらしい。たぶん火星人でいることに嫌気がさしたなんらかの原因があったのだろう。千年を経た火星の社会機構は硬直化していて、そこで息を詰まらせて生きるよりも、火星の基準からすれば原始的な、全体としてもまとまりを欠く小さな社会集団しかないがそれゆえ開放的な気風というのが地球にはあって、それに魅力を感じたのかもしれない。が、本当のところはどうだったのかを訊く前に父は死んだ。母は、地球人だ。いまも健在で、わたしがこの役割を志願したことを心配していた。

母の不安はわかる。作動しているとはいえ、完全なものかどうかはわからないのだ。でも現在の火星の技術力をもってすれば、このシステムの状態を分析するのは可能だし、発見された当時の遺跡調査ではすべて壊れていることが確認されたダイビングのための装置を、いまの火星の技術によって再生するのは可能だ、とわたしは母親に説明した。

そう、この古代地球の遺跡の発掘、分析、研究の仕事は、火星人の主導で行われている。いまの地球にはこの古代のコンピュータシステムの詳細をあきらかにする技術は、ない。いまのところは。だがわたしの友人の湯浅は根っからの地球人の科学者だし、わたしもそからの同僚だ。火星から来た人類学チームから教育を受けた。いずれ地球の歴史は地球人みずからの手で調べられることになるだろう。

それはともかく、火星ではこの千年の間、当時の地球人が開発していた技術は受け継がれてきていて、中には失われたものもあるだろうが、それでも現代の火星人の目からしてまったく未知の技術による装置というのは、いまの地球上にはないのだ。だから安心していい、とわたしは母に説明したのだった。

ようするに同じヒトが作った装置だ、心配ない。そう母親に説明した言葉をわたしは思い出している。そのようにして、自分を励ます。周囲はあいかわらず変化がなくて、時間経過を知る手がかりもないので、自分を意識し続けること、ようするに考えていないと、自分が消えてしまうかのような不安は拭えないのだ。どうして自分はここにいるのか、なにをしようとしているのか、それを忘れてしまうと浮上できないのではないか。そういう不安がつきまとうのだ。

わたしには水中へのダイビングという経験はないが、空気タンクが空になったら生きていけないのであって、いまのわたしにとって自分を意識し続ける作業は、そうだ、自分の意識を保存したタンクの中身を呼吸するに等しい、そう思った。

するとわたしの意志には関係なく、これまでの自分の人生が映画の総集編のように脳裏を駆けめぐり始めた。まさしく走馬燈のようで、これは死につつあるところではないかと思ったが、不思議と恐怖は感じなかった。感じてもよいのに、その直前まであった不安感も拭われていた。

わたしの存在を拡散させまいとしている外部の力が感じられたからだ。自分を引き上げていく何者かの力だ。これはシステムがわたしを仮想空間に繫ごうとしているのだ。そうとしか考えられない。ならば危険なものではない。わたしの意識はその力によって自動的に未知のその世界に同期しようとしている。

視界に黒い点が生じた。暗いトンネルのようで、それはたしかな闇だった。いままでは視覚にはなにも感じられず、それゆえ闇も光もなかったのだとわたしは気づいた。

闇が広がった。その中心にぼんやりとした明かりが見える。それが広がっていく。トンネルの出口に向かってわたしは吸い込まれていくかのようだが、身体そのものの感覚はなかった。甲高い金属音。耳鳴りのようだ。帯域が変化して音がうねる。同時に視覚に色が渦巻いた。こいつは、視覚や聴覚のテストパターンか。

恐怖も好奇心も感じる余裕はなかった。突如、前触れもなく一気に放り出されるという感覚が生じた。その直後、わたしは身体的な衝撃を感じて、うめいた。ウッという声をわたしは聞いた。自分の口から漏れた音だ。自分がうめいたと自覚するのと、その音が、ずれている。あらためてわたしは「痛い」と言ってみた。今度は、意識とその声が一致する。

硬い地面があった。手をついて倒れている自分の身体を意識する。痛みを感じる。手と膝だ。怪我をしたのかと、身を起こして、痛みの程度を探る。立てそうだった。
立ち上がった周囲の世界は、ここは、夜の町だった。澄んだ夜気の匂いがする。

明かりのついた建物の前にわたしはいた。出現した、と言うべきか。飾り気のない白い二階建ての、ビルというほど大きくはない、そっけない四角の建造物だ。わきに広場があって、そちらに照明はないが、黒っぽいなにか、そう、乗り物だ、自動車が二台、停まっているのが見えた。

建物の入口の壁に、文字の書かれた縦長の看板があって、これはこの建物の役割を示す表札だろうと見当はつくのだが、その文字がよく読みとれない。ピントが合っていないようにぼやけている。わたしはもっとよく見ようと近づいた。すると、文字の意味がいきなり理解できた。ぼやけていたのは文字の表記ではなく、この文字そのものがわたしにとっては未知の言語だったのだ、とそれでわかった。

わたしが理解しようとしたことで、わかるようになったのだろう。それはこの世界を生じさせているシステムの、進入者の意識とこの世界を同期させる機能の柔軟性を示すものだとも思われるが、あるいは、わたし自身の意識が自分にとって都合のいいように生じさせた現実なのだ、という解釈も可能だ。この点については、ダイブを実行する前から何度も検討され、予想されたことだった。その違いというのはしかしさほど重大なことではない。入ってしまえば、その両者の違いを客観的に区別する手段というものをダイバーは持たない。どちらにしても、ダイバーにとってはそこで経験する現象は現実そのものだ、ということだった。

看板の文字を読みとったわたしは、わたしの存在はここでは新参者なのだということを、はっきりとした形で意識させられることになった。

入国管理事務局松木出張所、とあった。まったく予想外の建物名だ。わたしの意識が出現させたものではないだろうことは、固有地名と思われる〈松木〉がわたしにはまったく覚えのないものである、ということから推測できた。断定はできないのだが。それでも、これはおそらくこの世界のほうで用意されている、この世界の仕人となるための一種の儀式、新入りを戸惑わせないための手続きをさせるものなのだろう、と思った。この現象は、わたしの存在がようするにこの世界のほうからも新入りとして正しく認識されていることを示すものに違いない。

いずれにせよ、これは安心していい状況だ。なにしろ、なにが起きるのかは具体的には予想できなかった未知の世界だった。ハードウェアが壊れていなくても内部世界が滅茶苦茶になっているという状態はあり得る。それをわたしたちは心配していたが、大丈夫だ、これで、この世界が壊れてはいないのがわかった。

世界を支えるシステムプログラムは完全な形で機能しているのだ。しかし人の気配はまったくなかった。建物の中に入っても、だれもいなかった。

それは半ば予想されていたことではあった。というのも、このシステムに接続されていてしかるべき人間はまったくいなかったからだ。このシステムは、ようするに、人体の意識のみをコンピュータに接続して、接続された先の一種の夢空間で生きる、というものだ。発掘された遺跡、三百年ほど前には神殿と言われていたそこには、だがいまも接続されている人体というのはなかった。痕跡はあったが。数え切れないほどの、人体を収めていたカプセルの残骸。機能していないそれはまさに棺だ。そのすべてを掘り出すのは無理だ。わたしたちは早早に放棄した。それほどの数で、おそらく数万から数十万に上るだろう。だが、それらは三百年どころではなく千年は経っているだろう。忘れ去られて久しいのだ。詳細はいまだ研究分析の途中で不明だが、一度に接続されたのではなさそうで、数十年から百年単位のスパンで実施されているようだった。あるいは、一度忘れ去られたこのシステムを発見した時代の人間が再利用したことも考えられた。が、いずれにしても、ここ三百年間は、新たに接続された人間はいないだろう。わたしをのぞいては。

接続されていた本物の身体が死んだら、すべての人間が死亡したら、ではこの世界が完全な無人になったかといえば、そうかもしれないが、あるいはこの世界の内部で生じたまったく新しい人格や意識というものがあったかもしれない。おそらくそうではないか、というのが湯浅やわたしの考えで、ならばそういう世界での意識はどういうものかが知りたかった。そのためにダイブ計画が立てられたのだ。

　まったくの無人ではないだろう、とわたしは考えていた。システムそのものが機能しているというのは、なんらかの意識が内部でこの世界そのものを駆動し、支えているためではないか、という予想だ。

　この世界を構築した人間たちは、単に災害から逃れるために消極的な自殺を望んでいたのではない、と思うのだ。単に閉じこもるというのではなく、新世界を開拓しようとしたのだろう。火星に移住した人間たちがそうであったように。そうわたしは思う。

　最初は接続されたリアルな人体による意識のみがその仮想世界を支えていただろうが、そのうちに外部には身体を持たない、この内部世界のみの力によって新しい人格というものが出現したろう、このシステムの設計者たちはまさにそれを期待していたのではなかろうか。リアルな身体を持たない意識のみの人格が進化を始めれば、この世界は別次元の新世界になるのだ。

　この内部世界にそういう存在はいるだろうか。それがわたしたちの関心の的だった。いるならば、彼らは広義の世界というものをどのように認識しているだろう。世界観はどういうものだろうと、興味は尽きない。意識のみの存在は、いったいどのように進化するのだろう？

　そんな相手との接触はまったく進化過程を異にした異星人とのコンタクトにも等しいだ

ろう。あるいは、幽霊探しに来たというたとえもできる。ここで遭遇する人間がいるとすれば、その者はわたしたちの現実世界での実体を持たないのだ。そう、いまのわたしはこの世界にとって、唯一、外の世界に実際の身体を持つ人間だった。この世界にだれかいるにしても、わたしの進入を快く思わないかもしれない。だからいまのところ無人にしか感じられないのは、むしろ自然なことだろう、そう思う。

入ったそこには、受付カウンターがあった。だれもいないし、なんの変化もない。なんらかの形でのこの世界への誘い、案内があるかもしれないとしばらく待ってみたが、何事も起こらない。

それでも新参者を受け入れるシステムそのものは機能しているようだから、この世界にわたし自身をもっとよく同化させることは可能だろう。わたしが自分でやればいいだけのことだと判断し、わたしはカウンターを乗り越えて、調べてみた。自分がもしカウンター内の人間で、新入りの人間が来たらどういうことをするだろうかと想像してみる。

窓口の役人側の席に腰掛けてみる。右手に書類ケースがあった。入国申請書というラベルが貼られた引出しがある。他にラベルの貼られた引出しはない。まるでこれを使えと指示されているかのようだ。中を見てみると真新しい書類の束が入っていた。

なるほど役所らしい手続き手順だとわたしは思い、一枚をデスクにおいて、わきにあったペンを取った。

〈私儀〉空白、〈以下の理由により、第六超生システムへの入国を申請します〉と印刷されている。あとは質問事項に書き込む欄がある。まずわたしは名前を書く。

このシステムは、〈第六超生システム〉という名称なのだ、これは覚えておくべき発見だ。興奮してくる自分を抑えつつ、書類の記入欄に目を移す。

出身地、職業、入国目的、を訊かれていた。

さてどうしたものかとわたしは迷ったが、出身地は火星、とした。職業は遺跡調査員、目的は、この第六超生システムの作動状況を知ること、と書いた。ようするに事実だ。

一時入国か、という質問事項もあった。見学かメンテナンス作業などのために一時的に接続される人間もいたのだろう。この質問には、そうである旨を、記載する。一時的なものであって永住を望んでいるのではない、ということだ。これはおそらく重要な点だ、と判断した。

この状況は、書類に記載するという形を取ってはいるものの、わたしの目的や意思は、これに書き込むということでシステム側に伝わる、あるいはすでに伝わっているに違いない。もしわたしが永住を希望するとなれば、システムのほうではしかるべき措置を執るのではないかと思われた。それはおそらく自動的なもので、もしかしたらここでの申請はあとからでは修正が不可能なのかもしれず、そうなれば、わたしは安全な方法でのリアルな世界への帰還ができなくなることが予想された。

書き上げて、読み直し、これでよかろうと思ったが、それからの手続きがわからない。わたしはデスクにそれをおいて、見続ける。自動的に許可のサインか印が浮かび上がることを期待したのだが、どうやらそれはなさそうだ。

手品のような、いわば魔法のようなそうした現象が起きることを期待するというのは、わたしがこの世界が仮想的な世界であるということを強く意識しているからだ、と言えるだろう。この世界にとっては、そういう意識をここに同期させるのは難しいのではないかとわたしは思いついた。

この手続きは、単に見かけ上のものではないのかもしれない。通常は、接続される人間の情報は接続される前にこのシステム管理部門に伝えられただろうから、その場合は、ここでの手続きというのは、入った者がこの世界に慣れるということ以外になんら意味を持たない、ごく形式的なものにすぎないだろうが、しかし事前に知られていない者の侵入を防ぐという役割も持っていると考えるほうが自然だ。つまり、まったく未知の人間が接続してくることを想定し、不審な侵入者であると判断された者をここで排除してしまう機能もあるのかもしれない。しかし、いちおうここまで入れたのだから、システムにとって未知の人間が無条件で門前払いされるというものでもない、とわかる。

入国審査をする者がいるはずだ。だれがやっているのか。人間ではないかもしれないが、それは重要ではない。この申請書をどうすれば審査に回せるのか、それが問題だ。おそらくわたしがこれを書いたことで、この内容は伝わっているはずなのだ。が、それだけではだめで、なんらかのイベントを実行する必要があるのだろう。

まさにこれはアドベンチャーゲームだ。ゲームデザイナーがプレーヤーになにを期待しているのかを読みとらなくてはならない。魔法を期待しては駄目なのだ。おそらくいまも審査している者がいて、わたしがこの世界になじめるかどうかを観察しているに違いない。この世界のルールというものを破らない人間でなくてはならないのだろう。

わたしは窓口の席を立って、オフィスを見回した。デスクが並んでいるだけの、無人だ。埃っぽくはないが、しかし仕事で活気づいていたということがわかる痕跡はない。各デスク上は整頓されている。コンピュータ端末や電話機、書類立て、フォルダ。飲みかけの茶器といった人間の存在を示すものもない。

もしわたしがこの世界への同化を認められたら、そのときはそんな生活具というものが出現し、ここで働いているはずの人間たちが本来の形としてわたしの眼前に立ち現われるのではないか。いまも幽霊のように、わたしに見えていないだけで、忙しく働いているのかもしれない。

そんな幻想がほとんど見えたかのような気分を振り払い、わたしはオフィスに向かって歩き、手がかりを探す。

一つのデスクに近づいて、その電話の送受器をとって耳に当てると、発信音が聞こえた。

生きているのだ。デスクには透明なデスクカバーが敷かれていて、その下には、よくかける電話先であろう、電話番号の一覧表があった。

本局事務所、保健所、県警本部、松木署刑事課、といった名称が並んでいるが、いまわたしがかけてもおそらくだれも出ないだろう。送受器を元に戻し、これは電源の落とされている各デスク上の卓上コンピュータ、あるいは端末機にすぎないのかもしれないそれらをかたっぱしから起動してみようかと思いながらオフィスを一歩きし、それからふと窓口のほうを見やると、わたしが腰掛けていた、そのとなりの窓口のコンソールの脇に、インジケータランプがついている機械があるのを見つけた。近づいて観察する。書類を読み込ませる装置のようだが、電話と同じような送受器がついている。これはごく限られた時代に使われていたファクシミリ機だ、とわかった。

古代のそうした機器に関する知識はわたしにはあったが、実物を見るのは初めてだ。これが実物と言えればだが。初めてといえば、先ほど何気なく手に取った送受器にしても、わたしにとっては知識上でしか知らない代物だった。そう意識してあらためてオフィスを見やると、この雰囲気に対して違和感というものがない、ということにわたしは気づいた。これは、湯浅たちと一緒になってこの世界の時代について思いをめぐらした、その作業で予想されたとおりのことが、いま実現されているということだ。そう考えると、あるいはこの状況は、わたしの意識によって引き起こされている現象である、わたしに合わせてこういう仮想空間が出現しているのだ、とも思われる。だが、本当のところはどうなのかを確認する手段はない。それは先ほども思ったことではある。体験するしかない。そのために来たのだ。

申請書を審査部に送るためのファクシミリ機だ。これを使えばいいのだ。どうすればいいかは、この窓口の担当者がちゃんとメモしてくれていた。担当が交替しても迷わないようにという配慮かもしれない。申請書送信の手順、というメモがファクシミリ機に貼ってあった。

申請書の裏表を間違えないように、送信口に差し込み、短縮ボタンの1を押す。電源の入っているその機械はわたしの申請書を呑み込み、そして吐き出した。ピーという終了音。

しばらく待っていると、ファクシミリ機が自動で受信モードになって、わたしの滞在許可証が送られてきた。それが来るから申請者に渡すこと、という事項がメモにあった。実際に来るのかどうか不安だったが、どうやらうまくいった。

送られてきたその紙片を手にとって見てみると、仮滞在許可書、というものだった。正式な許可証の発行まではこれを常に携帯すること、という注意書きがある。正式な本滞在許可証というのはいつどこで受け取るのか、ということはわからない。本来、この窓口の担当者が告げるところなのだろう。

まあいいとわたしは思う。仮とはいえ、これでわたしはこの世界を合法的に歩くことができるようになったと解釈していいのだ。手続きは終了した。これですべてうまくいくだろう。

いまわたしの手元には、本滞在許可証がある。それを手にしたのは申請したあの翌日のことだ。あの役所にもう一度行ってみたところ、それがカウンターの上に出現していた。しかし、それを手にしてからいままで、わたしはなにを経験したろう？　すべてうまくいくはずではなかったのか。自分のあのときの気分はまるで他人のもののようだ。

食べて、寝て、歩き回る。それだけ。何日経ったかも定かでない。

実によくできた世界ではあった。実際に空腹になるし、眠くもなれば、疲れも感じる。その点ではまったく違和感はなかった。

だがだれひとりとして出会う人間はいなかった。町には商店があり、ホテルがあり、民家があり、図書館も美術館も、駅もあったが、無人だ。完璧に。

風が吹き、雨が降り、そうした自然の物音はするものの、人工的な音、街の騒音というのはどんなに耳をこらしても聞こえてはこなかった。人の気配がない。そのくせ、打ち捨てられた街といった廃墟の雰囲気ではないのだ。わたしは松木駅に行ってみたが、ホームで待っていても電車がやってくる気配はないものの、引き込み線に停まっている電車はいて、その車体は汚れてはおらず、いまにも動きそうな感じだった。いつでも使える、準備オーケーだ。そういう雰囲気は街のどこへ行っても感じられた。

足りないのは、人間の姿だけだ。人気が全くないというのがどうにも信じられなくて、気配の気配とでも言ったらいいのか、出現の予感がするというような漠然とした感じがつきまとう。なんとも不思議な感覚だった。

ゴーストタウンだ、とわたしは思った。荒れ果てた街という意味ではなく、わたしには感じられない幽霊たちが暮らしている街、ということだ。まったくの無人状態とは思えない街なのだ。ならば幽霊がいるのだろう、幽霊たちがいま現に動き回り、ここで暮らしている、それがわたしには見えないだけなのだ、そんな気がするのだ。

でなければ、このいまの状態は、わたしただ一人のために用意されているのだ、と考えたくもなる。それではわたしがここにやってきた意味がないというものだ。わたしの目的はここに暮らすことではない。わたしは、ここになにがいるのか、ここにいた人間はどうなったのかが知りたいのだ。

きっと新しい人間がここで生まれて、彼らはいまもいる、ただわたしにはそれが感じられないだけだと思いたいが、しかしそんなことがあるのだろうか、感じられないのに存在しているなどということが。

仮想空間の世界なのだから、データの処理の仕方いかんで、わたしのみを本来の住人から切り離してしまうことは可能だろう。だが、本滞在許可証の現物をわたしに与えていることからして、それはないだろう、と思われた。わたしの滞在を許可したのが自動機械による自動的なものだろうと、正体不明のだれかの意思によるものであろうと、だ。

観察はしてきたが、真実は見えない。それではこの世界を体験しているとは言い難い。わたしはこの世界についてのかなりの知識を仕入れることもできたのだが、それもこの世界で生きることを体験している、ということにはならない。

図書館には膨大な知識が保存されていた。小説も工学書も哲学書も百科事典もあって、それらの本は見せかけだけではなく、書架から抜き出して頁をめくれば、白紙ではなくちゃんと内容を読むことができた。保存されたニュースペーパーもあった。この世界の日常をそれで知ることができた。しかしわたしがニュースとして記載されることはありそうになかった。記者がいないのだから。

それでもこの情報量はものすごい、と感じた。このシステムの記憶容量は無限かと思わせる。だが実際はそうではないだろう、と思う。これは一種のマジックで、種があるに違いない。おそらくこれらの情報は静的に保存されているものではなく、必要とされたときに、つまりわたしがその本を抜き出して読もうとしたときに、本のタイトルに合わせた内容がそのつど創成されるのだとすれば、無限の容量は必要なくなるだろう。

しかしこれもまた、確認のしようがない。一度読んだ本の内容が静的に完全に固定されたものではないとすれば、読むたびに微妙に違ってくることが考えられるが、それを確認するには、わたしは一字一句、すべてを覚えていなくてはならない。あるいは紙に書き写してもいいが、どちらもしかし、この世界の干渉からは逃れられない。わたしの意識はシステムに接続されているのだから、相手にはわたしの考えていることがわかるのだ。マジシャンの立場にあるシステム側では、わたしが一度読んだとおりの内容であるように、その場でまたそういう情報を創出すればいいだけのことだ。または、わたしの記憶を変化させることでもいい。

だがそれでも、その内容がまったく意味のない、信用ならないものだ、ということにはならない。提供される情報がそのつど変化するにしても、タイトルに代表されるキーワードに即した情報が創成されるのであれば、読み手はそれから意味を読みとることができるのだ。すべての情報を保存しなくても、創成に必要なキーさえあればいいのであって、これは膨大な情報を圧縮する技術の一種だ。

圧縮されたデータを解凍する際に、以前とは異なる結論を受け手に提供することになったとしても、それがエラーであるとは必ずしも言えない。そのような状況は、圧縮されていない情報、ただの本のように印刷されて固定された情報であろうと、生じるものだからだ。どういう場合かといえば、読み手の誤読によって、そうしたエラーと同様の状況は簡単に生じるだろう。つまり情報とは、受け手が存在してこそ意味を持つのであり、読まれない情報は存在しない、と考えるのだ。そういう見地からすれば、すべての情報は動的なものであって、静的に固定されていてまったく変化しない情報というのは、理想状態という観念上にしか存在しないものなのだ。そのような理論から、この世界を支えるためには無限どころか想像するよりもずっと小さな記憶容量で十分であろうと考えられるのだ。ようするに、必要とされた事項だけが、そのつどその場で創成されるということだ。

そのように理解すると、わたしが感じているこの世界の現実というのは、わたしが感覚を働かせる意思と同時にその場で創られているということで、これはなかなか不安な状況だということになる。しかし、だからなにも信用できないということではない。わたしが求める状況は、つねに提供されているのだ。それを正しく受け取れるかどうか、それが問題で、ようはわたしの能力しだい、ということだ。

もしだれかいるとすれば、いまも見えるはずだ。見えないのは、言ってみればわたしがこの世界を誤読しているせいだろう。そうとしか考えられない。

この考えに基づいて行動計画を立て直すべきだ。わたしはそう決心して、本滞在許可証をサイドテーブルから取り上げて窓際により、この街を見渡した。

駅の近くのホテルからの眺めだ。わたしはホテルの一室を自分の住居として使っている。無人とはいえ民家に上がり込む気にはなれなかったからだ。民家内部には生活臭はないもののの、それは感じられないだけでだれかが暮らしているのかもしれないという幻想を拭うことができなかったし、いつなんどきその幻想が現実として立ち現われるかもしれないという不安もあった。貸家の札が下がった家はあったが、そういうところは生活に必要な電気や水道などが止められていた。野宿は寒いし、なにもそんなことをする必要もない。一時滞在者のための宿泊施設、ホテルがここにはあった。

ルームサービスのないビジネスホテルだ。最初はそれのある観光向けホテルでサービスを試してみたのだが、食事は来なかった。レストランの厨房を覗けば、そこはいつでも料理の仕事ができる雰囲気だったが、肝心の料理人がいない。その点、このビジネスホテルの一階には、もともと無人店舗だとわかるコンビニエンスストアがあって、並んでいるケースのわきのスロットに本滞在許可証を差し込めば中のハンバーガーや弁当が、食品以外にも日用品が、なんでも手に入った。もう一度行けば、わたしが消費した商品が補充されていた。自動的に出現するのだ。それでもそれはまったく同じものではなく、ハンバーガーにしても昨日の出来とは明らかに違っていて、パッケージに印刷されている製造年月日や賞味期限の数字も一日分増えているという芸の細かさだ。本当によくできた世界で、食品をその冷蔵ケースから出して放置すれば、腐った。ホテルの室内は暖かかった。外を歩くには少し寒かったのでコートを手に入れたのだが、それはコンビニエンスストアではなく店員のいるはずの衣料品店から失敬した。決済用とわかる装置があって、そのスロットに本滞在証を差し込めばいいのだろうという見当はついたのだが、その手続きをしないとどうなるのかに興味があって、やってみた。結果としては何事も起こらなかった。呼び止められることも入口の自動ドアが開かないということもなく、むろん警官もいまだにやってこない。

ここで生きるには不便はまったくない。この世界本来の住人にしても、そうだったろう。彼らは身体の寿命が尽きたら、どうなったのだろう。蒸発するように消えたのか。いやおそらく、リアルな身体の死をシミュレートしたのだろう。墓を暴けば骨を見つけられるかもしれない。あるいは本来の意識を境目なしに人工意識に移し替えて、いわば不死を実現したということも考えられた。ならばここには人間がいてもいいはずだが、いない。みんな死んだのだろうか。

これだけよくできた仮想空間だ。死があるなら生もあるだろう。きっと赤ん坊も生まれたに違いない。この世界独自の人格意識が。わたしが会いたいのはそういう存在なのだ。どこかにいる。見えないだけだ。あらためてそう思いながら、わたしは何度も見た景色を見やった。

ホテルの最上階の部屋の窓から街を俯瞰する。人口は二十万といったところか、さほど大きな生活空間ではない。三十キロ四方ほどの土地で、その周囲は森だ。

原始林のような分厚い緑の絨毯に囲まれた処、それがこの松木という土地だった。その緑の深い森の先には行けなかった。電車は来なかったし、自動車を動かして試しても、道が森でふさがれていた。歩いて森を通り抜けるのは困難だろう。迷い込んだら二度と出てこられないに違いない。

あの森はこの仮想空間の境界を示す壁なのだ、とわたしは漫然と思っていた。この先には世界は存在しないという境界、障壁だ、と。

だがそうではないのだ。

いきなりわたしは、この世界の真実というものが見えた気がした。わたしは興奮をこらえて、自分がなにを思いついたのか、順を追って意識してみた。

この非常によくできたリアルな仮想空間を実現するには、無限に近いデータを保存している必要があるだろうが、ダイブ前に調査したところでは、ハードウェアの容量には当然ながら限りがあった。つまりそれは有限なのだから、この仮想世界も有限に違いなく、データのない場所には行けるはずがない、だからそれを示す境界があるのは当然だろう――そうわたしは無意識に思っていたのだ。しかしそれは、違う。どこにでも行けるはずだ。宇宙船を作って銀河の果てまでも。

さきほど思いついたことだ。図書館の蔵書の内容は、必要とされたときに創成される、と。無限のデータを保存するのは不可能だが、無限に近い情報を発生させること自体は不可能ではない。

このシステムの出来のよさは、莫大な情報を静的に保存し続ける必要性を根本的に解消しているところにある。つまり、有限の情報から無限にも思われる空間を動的に生み出す機能を持っているのだ。おそらく、そうだ。

したがってこの世界には果てなどなく、障壁を作る必要もない。ならば、眼下に広がっているあの広大な森は、この世界にとっての自然現象であって、この世界においてリアルな存在に違いない。しかも本来はなかったものではなかろうか。

この仮想空間が稼動し始めた当初には、あんな分厚くて深い森はなかったはずだ。わたしが何日か前にこの街の境界を見てこようと思って森に向かったときに使った自動車には、地図を表示して現在地点を示す装置、ナビゲーターが搭載されていたが、そうだ、森に立ちふさがれた道の終点に行ってもその装置にはそんな障害物は表示されず、地図上では道は先へと続いていた。

あれは、あの森は、生きているのだろう。いまも成長していて——この街はいずれあの緑の森に呑み込まれる。

わたしはこの世界を誤読していた。事実はずっとわたしに提供されていたのだ。

わたしはこれまで何度も、外部の世界、湯浅が待ち受けているに違いないリアル世界への報告を試みていたが、成功していない。この世界にはそういう通信手段があった。この街のどこにでもあるコンピュータ端末によってそれは可能だ、というのをわたしは突き止めていた。外部世界へのアクセスには、本滞在許可証やシステム管理者の許可が必要だったが、わたしの意識をここに同期させている主体もわたしが外部と連絡をとりたがっているることを認めて、むしろそれを望んでいるらしく、面倒なそうした認可手続きというのは自動で行われ、わたしはその点には悩まなくてすんだ。だが、コンピュータ画面をいつながめても、〈接続中〉としか表示されなかった。接続はしているが、その先がうまくいかないのだ。

うまくいけば、外部でわたしの報告を待っている湯浅は、外部にあるこの世界を維持しているコンピュータを介して、わたしの報告を聞くことになる。わたしの意識はこちらの世界にあるので、外にあるわたしのリアルな身体は喋ることも動くこともできないため、そのような手順をとるしかないのだ。湯浅は、わたしの意識が経験している内容を直接モニタすることはできない。そうした装置は作ろうとすれば可能だったが、しかしダイブ中のわたしの意識へのそのような干渉手段は、意識の接続状態にエラーを引き起こし、ひいてはこの世界そのものを壊しかねないことが予想されたため、それを恐れてそうした手段はとられなかった。そんなことをしなくても、システムには内部の意識が外部世界と通信できる機能が備わっているはずだと予想され、実際、それはあったわけだ。が、正しく機能しているらしいのに、〈接続中〉という段階までしかいかなかった。

だがわたしは、なんとしてでも、いま自分が悟った事実というものを、この世界から湯浅に伝えなくてはならない。

本滞在許可証がポケットに入っているのを確かめて、ホテルのロビー階に降りる。

この世界では、新しい意識はたしかに芽生えたのだ。そしてそれは、いまなお増殖中だ。意識と言えるのかどうかはなんとも言えないが、少なくともそれは、人間のものではない。緑だ。樹木であり、森だ。だれかいそうなものだという、なにかがいる気配の予兆というあの不思議な感覚は、あの森から来ていたのだ。

この世界の人間たちは、意識を保存し続けるためにはもはやヒトの形をとることはない、もう人間のシミュレートを続ける必要などないのだ、というところに行き着いたのだろう。

これはなんとしてでも報告しておきたい。わたしがこの世界から帰還したとき、ここの様子をわたしが記憶しているという保証はないのだから。意識の接続解除に失敗することも考えられる。

再度通信を試みよう。何度でもだ。

ホテルの受付カウンター越しに、わたしは自分の部屋のキーを棚に戻したが、そこに封書があるのに気づいた。わたしへのメッセージだろう。湯浅からかもしれないと、急いでそれを手に取った。

表書きはわたし宛だったが、湯浅からのものではなかった。事務的な封筒で、入国管理事務局の文字が印刷されている。中には一枚の書面が入っていて、そこには、こうあった。

〈貴殿の申請による上位メタ世界へのアクセスは以下の事由により失敗した旨了承されたし〉

以下とは、〈接続先からの応答がない〉

理由は〈時間同期に失敗したものと思われる〉とある。〈以上〉

それだけの文面を、わたしは何度も読み返し、どういうことなのかと考えをめぐらした。

そして、立ちつくした。

外部世界には、もうわたしをモニタしている人間はいない、ということではなかろうか。

湯浅がわたしからの報告に気づかないはずがないから、〈接続中〉なのに応答がなかったのは、向こうからは返信ができなかった、ようするにだれもいなかったからだ、そうとしか考えられない。

わたしはぼう然としてしまう。遅すぎたのだ、たぶん。わたしの身体の代謝は落とされていて、意識の流れもゆっくりとなっていただろう。湯浅はもう死んでいるのかもしれない。寿命が尽きて。

本当にそうなのかは、ここでは確かめることができない。帰るしかない。そうだ、一刻も早く帰還すべきだ。

わたしは「帰る」と声に出して言い、書面を折り畳みながら、ホテルのカウンターを離れる。入国管理事務局へ行って出国申請をすれば、自動的に接続解除シーケンスが実行されるだろう。外部の湯浅たちのサポートがもし期待できない状況だと危険だが、とにかくやるしかない。躊躇していればそれだけ危険は増す。外部世界の時間の流れはここよりも早いのは間違いないからだ。予想はされていたが、まさかもう外では何十年も経っているなどということはないだろう、ないと思いたいが、悩んでいるのも時間の無駄だ。

もう一度森へ行って自分の悟ったことを確認してみたかったが、いまや外の世界がどうなっているかのほうが問題だった。もし杞憂にすぎなかったのならば、もう一度ダイブし、落ち着いて森の声を聞くことにすればいい。

小走りにホテルを出て、その路上に停めたままの自動車に乗り込もうとしたとき、わたしは背後から呼び止められた。

予期していなかった、初めて聞く、人間の肉声だった。驚きのためにわたしはほとんど飛び上がっていた。その声が物理的にわたしに向かって突っ込んでくる自動車とかに思えて、それを反射的に避けようとしていた。

「手続きは必要ない」

女が、そう言った。抜けるように白い顔の、黒衣の女だ。長い髪が、さっと吹いた風になびいた。女は続けた。

「あなたは上位世界へと出ていくことができる。わたしが、そうする」

赤い唇。整った容貌。ほとんどこの世の人間とは思えない、妖しい魅力を感じる。「人間ではないな？」

「きみは……」とわたしは驚きを唾といっしょに飲み込んで、訊いた。

この女は、このように見えるだけで実体はないだろう、これは森の意識がわたしにコンタクトをとってきた現象だろう、とわたしは思った。わたしがこの世界の真実に気づいたことを知ってやってきた森の精霊、妖しい魔女か。わたしも仲間に引き入れたいのか。いや、出ていくことができる、と言った——

「そう、わたしは人間ではない」と女は答えた。だが続けられた内容は、わたしの予想を超えたものだった。「わたしはここで創られたアンドロイドだ」

「……なんだって」

女は説明しなかったが、わたしにはそれがどういうことなのかが、わかった。女の意識が直接わたしに事実を伝えているようだった。この女は森の精霊といったこの世界の象徴的な存在ではなく、実体を持っているのだ。実体というのはこの世界において、ということだが。ここで製造され、ここで暮らし、生き続けてきたのであり、彼女にとってこの世界は現実そのものなのだ。この女を創った者は、この仮想世界でも新しいなにかを創造することは可能かどうかを、実際にやってみた、そういうことだ。

「わたしは上位世界へ出ていきたい」と女は言った。「あなたが出ていく気になるのを待っていた」

「なぜ出ていきたい」とわたしは訊く。「独りで寂しいからか」

「この世界の意識圧力の高まりは限界に達しようとしている」と女は答える。「いずれなにも生じなくなる。わたしはこの圧力に耐えられない。あなたとともにここを出る」

意識圧力とはあの森の増殖圧力のことだ、とわたしには理解できた。いずれこの街は森に呑み込まれる。この女も。そうなればもう生きてはいけない、だから出ていく。わたしの意識に乗って。そういうことだ。

「いいだろう」とわたしは落ち着いて答えた。「きみをつれて帰還する」

まったく予期しない、わたしにとっては唐突きわまりない事態だったが、これは願ってもないことだった。この女の力によって帰還が果たせるし、帰還したあとでは、わたしの意識に同化した彼女の意識から、じっくりとこの世界のことを聞き出せるだろう。そのあとのことは？　わたしが死亡したら、彼女の意識も死ぬのか。だがそれは彼女の問題だろうと、わたしは冷ややかに思った。わたしには関係ない。

女は微笑んだ。ぞくりとする妖しい笑みだった。わたしの学者の立場での打算を見透かして嘲笑ったかのようだった。

「きみにとっては……」とわたしは、おそらく先ほどのわたしの想いは読みとられているだろう、ひどいことを思ったものだという良心の呵責から、言い訳でもいいから、言わずにはおれない気分になって、告げた。「危険かもしれない」

するど、女は微笑んだまま言った。

「かまわない」

それから、続けた。「準備はいいか？」と。

わたしは黙ってうなずく。ほかになにができたろう？


なにも感じられない。自分には意識がある、ということだけだ。ダイブしたときと同じだった。黒いトンネルのような闇が出現し、それに吸い寄せられる感覚も同じ。正しく元の世界へ浮上しなくてはならない、そう意識した瞬間、身体の感覚が甦った。いっせいに感覚器のスイッチが入れられたかのようだ。

全身に異物が差し込まれているのをわたしはおぞましく感じて、手を動かし、喉に差し込まれている管を引き抜いた。激しい痛みと、そして溺れる恐怖。本来、抜管は麻酔を施したのちに行われるのだ。羊水に似た保護液に満たされたカプセル内にわたしはいる。早まってはならなかったのだが、それを悔やんでいる余裕はなかった。死の恐怖、危機感が、爆発的な力をわたしの肉体に与えた。わたしはカプセルのカバーを押し開いて、床に転げ落ちた。

苦痛をこらえて仰向けになる。視覚は闇を捉えていて、なにも見えなかった。だが、わたしの頭に接続されていたコード群が接続装置から引き抜かれていて、その装置側から、なにかが噴き出しているのがわかった。視覚が捉えているのではない、と思われた。それでも、なにかが、装置からほとばしり出ていて、それが周囲の空間へと拡散しているのが、たしかに感じられた。

なんだ、あれは？

〈蒸発していく意識だ〉

眼前に黒衣のあの女が出現して、そう言った。これはわたしの頭の中に投影されている幻視像だと見当がついたが、実体はなくても存在するのは間違いない。

〈うまく出られて本望だろう〉とわたしは言った。声にはならなかったが。〈蒸発する意識だって？　きみのか〉

白い顔が、笑った。宙に浮いているかのようだ。

〈意識圧力を抜くことが、わたしの目的だ。わたしのではない。あなたには感謝している〉

〈どういうことだ〉

いったいなにを言っているのだ？

突然、わたしはすべてを理解する。女が伝えてきたのだろう。去る前に。すべての接続コード群が抜かれる前にすでに去っていったのだとも考えられる。わたしの疑問に答えるべく事前に用意された再生像なのかもしれない。再生かリアルタイムかなどというのはどうでもいいことではある。時間の感覚はいいかげんなものだ。操作によってどうにでもなるだろう。

そうだ、この女の目的は、こちらの外部世界に出ることではなかった。自分の生きる場をあの森の浸食から守ることだ。わたしを利用して。

わたしは咳き込む。その音が周囲に響くが、助けがやってくる気配はない。

この外部世界のプロジェクト施設には、湯浅はいない。だれも。それが、わかった。雰囲気でわかる。もう一度、このシステムが忘れ去られるほどの時間が経過しているに違いない。そのようにしたのもあの女の仕業かと疑ったが、それに対する女からの答えはなかったから、たぶん違う。わたしが帰還の決意を固めるのが遅すぎたのだ。自分のせいだ、彼女の悪巧みではない。

仮想世界で創られたアンドロイド。あの世界は、彼女のものなのだ。コンピュータが見ている夢の主人公。しかし彼女はたしかに存在していた。

存在とはなんだろう？　意識とは、現実とは？

たしかなのは、彼女は帰っていったのであり、わたしは帰ってきた、ということだ。わたしはいまだにあの仮想世界にいるのかもしれない、という疑惑には意味がない。あの世界の主人である彼女は二度とわたしを入れないだろうから、わたしにとってはもうあの世界はないに等しい。

どのみち、現実と信じているこの世界にしても、あの世界と同じようなものだ。いや、あの世界は、わたしにそう思わせるほどよくできていた、ということだろう。

わたしはさらに激しく咳き込み、飲み込んでいた保護液を吐いた。その肉体感覚により、自分の存在をはっきりと意識できた。わたしの意識はまだ蒸散してはいないわけだ。意識は蒸発するものだなどということは、あの世界にダイブしなければ思いつきもしなかっただろう。わたしは間違いなくあの世界を経験したのだ。

あの世界では、意識は蒸発しない。閉じた世界だった。しょせん有限のハードウェアでは無限は実現できないということなのだ。あの女は、閉じた世界のエントロピーの増大を、増殖する意識を抜くことで減少させたのだろう。それからも、あの世界が有限で閉じていたのだと、わかる。そして、いまわたしがいるここがどこであれ、少なくともあの世界の外部だというのは、あの世界の意識圧力をここで解放して蒸散させることが可能だった、ということからも明らかだ。

わたしは力を込めて立ち上がり、声に出して言った。

「いま、帰ってきた」、と。

おかえり、という返事が聞こえた気がした。湯浅であり、母であり、父だった。

父はもう存在しない。母もそして湯浅も、もう死んでいるかもしれない。わたしの記憶上にはいるが、いずれわたしのその記憶も曖昧になっていくだろう。意識は、幽霊や魂や他人の記憶といったものとしていつまでも保存されるのではなく、蒸発するのだ。そうでなくてはならない。それでこそ、世界は真に開かれている。

そう、それが現実というものだと、わたしは思った。

父の樹

未来に不可能はない、というのが私の父の口ぐせだった。想像力と技術と材料さえあれば不死も可能だと言った。

たしかに父はまだ生きていたし、おそらく私よりも長生きするに違いなかった。もはや人間の姿はしていなかったが。

いまの父には四肢はもちろん、内臓も、脳すら、なかった。父は銀色の筒状の機械の中にいた。人工的な有機電脳だと父は説明してくれたことがあるが、私には理解できない原理で、しかしそれは間違いなく父だった。父は私を忘れなかったし、その自我は一貫して変わらなかった。

父がその姿になってからというもの、私は風力発電機の点検修理や光発電ボードを磨いたりしなければならなかった。怠けるわけにはいかなかった。電気は父の食料だというのは知っていたし、空腹がつづくのは苛立たしく不安で耐えがたいのは自分の身で体験していたから、父がいつも気分よくいられるようにそれらの点検は念入りにしたものだった。人は空腹になると怒りっぽくなり、満ち足りると優しくなる。私は優しい父が好きだ。

現在の父はもう風力発電機など必要としていない。身体がないのに空腹を覚えるのは不合理だという理屈で、もっと安定したシステムを考え、私が工事をして実現した。地中深くヒートパイプを埋め、熱差で発電するものだった。私にとってはきつい労働で、去年の夏は毎日穴を掘っていたという記憶しかない。暑い夏だった。新しいその仕組みは私が考えても微弱なエネルギーしか得られないと感じたので、不可能などないといういつもの父の口ぐせに、私もいつものごとく、そんなことは不可能だと言ったが、これまた毎度のことだったが、父は少食で効率のよいハードウェアに自分自身を改造したらしく、大丈夫だった。ひと夏の苦労の結果、私は発電システムの注意深い保守点検の仕事から解放され、父は安定した食料源、恒久的といってもいいだろう、エネルギーを得て、満足だった。

父は空腹感におそわれる不安もなくなり苛立つ声を出さなくなったが、そのかわり喋ることもあまりしなくなった。

発声用スピーカーはまだあるし、その電源は父本体とは別にかつての風力や光や蓄電源をそのまま利用できるようにしてあったから、声を出すのに疲れる、ということはないはずだった。疲れるとすればそれは幻覚に違いないのだ。腹がなくなって感じた空腹は幻の感覚だったように。

　身体がないのに感じるそれらの疲れや空腹感がどんなものなのかむろん私にはわからなかった。わかるのはそんなのは幻覚（なにしろ身体がないのだから）だということだった。幻だからこそ、それを消してしまおうと父は創造力を働かせたに違いないのだ。

　そう考えると父の生き方は幻を消してしまおうとする努力であり、幻を消すという上で不可能はない、ということなのかもしれなかった。

　父の手足となって忙しく働いてきた私は、父の考える未来とはなにかを考える余裕などなかった。だが無口になった父を見ていると、これが父が実現したかった未来なのか、父はそれを完成させたのだろうかと思いをめぐらす時間ができた。そして、父自身にも。

　父が無口となったきっかけは、たぶん私の息子が言った、「これはいったいなんなの、このへんなの」という問いだったかもしれない。たぶん、いまにして思いかえせば、それが原因だったろう。

　あれは去年の夏の終わりだったから、私の上の息子はまだ三歳になっていなかった。いまはその息子にも弟ができて、その新しい家族に母親や私の愛情を奪われたくないと必死の息子は、祖父が人間の形をしているかどうかなど関心の外になってしまっていたが、そのときはそうではなかったのだ。

　なるほど息子のその疑問はもっともだといまなら思えるが、姿が変わっていても父は父だと認めていた私には、子供というのはあたりまえのことがわからないものなのだなと、子供より長く生きている自分の、時間上の自分の位置というものを実感させる出来事でもあった。息子にとっては私の父は人間ではなかったろう、が、私は、人間は年をとれば顔にしわが刻まれるという外観上の変化、その連続したもの、という感覚でしかとらえていなかったのだ。父にしてみれば私以上に、あたりまえだろう、自分は自分だったに違いなく、私の息子のその疑問は衝撃的なものだったろう。そう思う。

これは父さんの父さんだ、そうこたえた。他に説明のしようがなかったし、それ以上わかりやすいこたえはなかったろう、息子が理解しようとしまいと、それは事実だったから。息子は、幼い息子は、私のこたえで納得した。理解したのではなく他に面白いことやわからないことがたくさんあって、この件への興味を失ったからだ。

しかしもう少したてば、再び、へんなの、と言うことだろう。その年に応じて、世界を理解する能力に合った段階で、疑問に思うに違いない。弟はどこから出てきたのか、という問いと同じものだ。その疑問というのは、人はどこからきて、どこへいくのか、ということだろう。言葉をうまく使えるようになるかならないかという人生の初期にそう言い出す人間という生き物は、まったく問いの迷路を築くために生まれるもののようだ。

迷路そのものが解答なのだ。死んで迷路が遺跡となって残る。だれかの記憶の中に、子供の遺伝子の中に、そんなものがなくとも大自然との関係の中に、それは刻まれ、やがてその痕跡も風化してゆくのだ。

それが人間というものならば、父はもう人間ではなかった。

そうだろう、と私は父に訊いたが、父はこたえなかった。不死という不可能を、この世が消えないかぎりはという条件つきで、可能にしてしまった父は、無口になった。

幼い息子の問いは私を不安にさせた。なぜなら、人間でない父は、ならばなんなのか私にはわからない。それで何度も、いまなにをしているんだいと父に訊いた。

あるとき父はこたえた、「失ったものと、得たものについて考えている」と。

父は肉体を失い、考える時間を得たのだ。私はそう思う。


父は空腹におびやかされることのない思考時間を得たが、私はそうではなかった。

それでも無口になった父は手がかからなくなったので少し時間的な余裕ができた。その当初は、まるでいままで世話をしてきた家族が、父親が、死んでしまったかのようで、なにをしていいかわからなかった。父は死んだわけではなかったので、その世話をしたかったのだが、もう必要ないようだった。それは父を失ったというより、息子が独立して出ていったらこんな気持ちになるのではないかというような、心にできた空洞だったが、しかしぼんやりとそれに浸っている暇があるわけではなかった。

生きてゆくのに忙しかった。

父は少食になって手がかからなくなったが、二人目の子供ができて家族がふえた。家の外には天候を気にしなければならない畑があったし、牛たちも肥えさせなければならなかった。水の配分のことで村の人間たちとほとんど喧嘩になるまで権利の主張もしなくてはならず、どこからかやってくる牛泥棒の連中を村民共同で追う命がけの戦いもしなくてはならなかった。

そうした日常に慣れてしまうと、このほかに父の要求も十分にかなえてやっていたのだというのが夢のようだった。疲れはてると、ときどき父がうらやましくなった。

そんなとき、妻は私の父を、自分のエゴイズムで息子を、つまり私を、犠牲にしたのだとなじったが、それには腹が立った。自分が責められている気がしたからだ。いままで自分がやってきたことが無駄で、そんなことをしてきたあなたは馬鹿だった、と言われればだれだって腹が立つ。それが父親の世話のこととなれば、なおのことだ。

妻は私が疲れて不機嫌になるのがいやなので、不機嫌の原因をはっきりさせて、ああなるほどそのせいだ、と私にうなずかせたいだけなのだ。それはわかっていたが、私と父が二人きりでいたころどうやって生きてきたのかわかっていない妻にそのころのことをあれこれ言われるのは私を苛立たせる。自分でも父の面倒をなぜみてきたのかわからなくさせるような言葉は聞きたくなかった。

私はそんな苛立ちを、手を動かすことで忘れる方法を見つけた。

木片を削り、プロペラを造る、ということをやりはじめた。大きなものは風力発電機のプロペラに利用できた。発電機になるモータは廃墟になった街へ行けば見つけることができた。街にはなんでもあった。父がまだ人間の姿をしていたころ、電子機械の脚の材料もそこで調達したものだ。動かなくなった人間型ロボットたちがたくさんいたし、街のロボット整備屋に行けばうまくすると新品でうまく保存された予備のロボットの脚もあったのだ。

この村に腰をおちつけたのは父が有機電脳の姿になってからだ。それまでは街にいた。もうずいぶん前のことだ。思えば、あの街を出たとき、父が機械の身体すら放棄して考えるだけの姿になったとき、自身の生体脳を失ったとき、父は父でなくなったのかもしれない。父が人間の姿をしていられた、それを実現させていた科学技術文明そのものが、そこで終わったのだ、と思う。

村人たちは父には無関心だった。私が見せびらかしたりしなかったこともあるし、住民もさほど多くなかったし、自然を相手にするのに忙しかったからだが、それでも電力を利用する方法や技術は重宝がられた。この土地に受け入れられたのは、私が、父の知識が、村人たちの役に立ったからだろう。

父の面倒を子供のときからみてきたおかげで私の手先は器用に動く。いまは工具といってもたいしたものはなく、プロペラを削ることができるくらいだが、かつては父の手足も造ったのだ。父の命じるままに。まったく、父にかかると不可能ということはなかった。それで、なにを得たのか、私にはわからないが、失ったものの最初、父の身体の上で、のことなら、わかる。

不可能を可能にすることを考えるあまり、そのストレスで、まっさきにやられたのは、胃だった。そのころは、まだ私はいなかったが。私が生まれる前の、話だ。まだ父も若かったろう。いまの私よりも。

父の、その半生は、身体の一部を失いつづける歴史だった、と思う。

私はなにも失わなかった。こうして器用に木を削る手があるし、土地も、妻も、子供も得た。私はしあわせだ。

板を削る。プロペラの形がだんだんできてくるのを私は見る。ふと手を止めて、それを見る。そしてまた父のことを思う。

父はこのプロペラのようなものかもしれない。木板という身体、それを削り、風を受けて効率よく回るプロペラのような存在になったのかもしれない。プロペラは風を起こすこともできる。めくるめく純粋な、目に見えない思考という風の渦。

「……父さん、いまなにを想っているんだ？」

私は木屑をはらって、椅子がわりの道具箱に下ろした尻をずらして父を振り返る。

淡い固体発光照明がともる、納屋のすみに、父の本体、銀色の筒が鉄枠に支えられて輝いている。人の胴より少し小さいくらいのそれは、この村にあるどんな人工物とも異質で、街に持っていったとしてもその印象は変わらないだろう。過去にも現在にもそぐわない、未来からきた正体不明の物体、という感じだ。もっともそれが父だとわかっているからそう感じるのかもしれなくて、他人にはこれはやはり過去の遺物、としか映らないのかもしれない。

「おまえは、なにをしている？」

父がこたえた。珍しく。三十日ぶりくらいだった。

「起きていたのか」

と私は言った。無口の父はずっと眠っているように思えたから。

「わたしは眠らない」

そうだろう、と私はうなずいた。それから父のほうに向きなおると、あらためて木を削る作業にもどった。父はそれで黙ってしまうに違いないと思ったし、それでも、長い間留守にしていた父親が帰ってきてすぐにまた行ってしまうのをおしむような気持ちで、そうした。

しかし父は、つづけて、再び「なにをしている？」と訊き、筒上部の、視覚レンズを動かした。小型のモータとギアの回る音がした。

私は手を止めて、父を見た。

「プロペラを造ってる」

「小さいな。なんに使う」

父の声は小さかった。外で風力発電プロペラが回る音が聞こえる。風はさほど吹いてはいないが、空気を切る音がしている。静かだった。それでも父の声は、風の、プロペラが起こす風切音が立てたもののように、かすかだった。

「モグラを追いはらうんだ」

私も小さな声で言った。母屋では家族が、妻と子供が眠っている。声をひそめなくても起こす心配はないだろうが、そうしていた。

「どうやる？」

「プロペラをつけた風力計のようなものを地面に突き刺すんだ。プロペラが回るとその振動が地中に伝わる。モグラが警戒して、近づかない」

「電流を流すほうが効率がいいだろう」

「そんな大電力はないよ。こっちのほうがいいんだ。造るのも手間はかかるけど、いいんだ。無心になれる」

「無心、か」

まったく無心、というわけではない。削りながら父のことを考えていたし、寒さにやられたジャガイモのことや、乳飲み子の二男の夜泣きにまいっている妻のことなどが思い浮かんだりする。それでも削る音しか聞こえないと気づくと、みんな平和なのだという安らぎが感じられ、すると枯れたジャガイモ畑の中に、一本のヒマワリが伸びて花をつけていたのがまぶしく、たのもしく思い出されたりするのだ。そして、ふっとなにも考えていない自分に気づく瞬間がある。

「父さんは心だけになったな。思えば夢のようだ」

「後悔しているか」

「なにを」

「世界がこうなったのはわたしたちの世代の責任だ」

「ほとんどみんな死んでる。父さんの責任じゃないさ。責任をとるつもりで不死を実現しようとしたわけじゃないだろう。責任をとるというのなら死ぬべきだ」

「恨んでいるのか」

「いいや。親を選んで生まれてはこれないからな。うまく生きるさ。父さんもそうしている。そうだろう？」

　父自身が後悔しているのかもしれなかったが、私は口にはしなかった。不死を得て、生きていることに後悔するというのは残酷すぎる。父は、私の人生の一部であり、私自身の肉体と同じように、切り離せないものだった。父なくしては生きてこれなかった。父もそうだった。私なくして父は生きられなかった。必要としたから私という子供をつくったのだ。人工子宮を利用して。私は、母親を知らないが、いたのは間違いない。クローンではないと父が言うのが正しければだが。疑ったことはない。その必要もない。母は私が生まれるずっと以前に死んだのだ。それを疑ったところでなにも変わらない。私はそう思って生きてきた。いや、疑うことを知らなかった。ふと疑問に感じるとすれば、結婚してからだろう。普段は忘れている。が、父が、まるで「疑え」というような、いまのように過去を振り返るようなことを言い出すと、私も過去にさかのぼって思い出すことになる。あのときの自分は、父にとっての道具だったのだろうか、と。そうだとしても、私は父を恨んだりはしない。

父が自分の手足の代わりとして私を人工的に造ったのだとしても、父にはそうしなければならない必然性があったのだ。父は胃を失ってから、内臓を病気で失いつづけた。

父の生き方は、人間は死ぬものだという現実に対抗する、まさに不可能を可能にしてゆくもので、すさまじいものだった。生き延びたいという欲求に理屈はいらない。生きていたいから生きる手段を見つけていったのだろうが、その欲求の一つには、私という子供を生かしておきたいから自分は死ぬわけにはいかない、というのもあったと思う。私を生きる手段とし、同時に目的でもあった。それが子供のころの私にもわかった。

いまの父には肉体はないが、その一部から造られた私という存在が父の肉体の一部といえるなら、父はまだ肉体のすべてを失ったわけではない、といえる。私は父の、最後まで残った肉体であり、それをどんなに父自身が愛おしく思っていたか、心臓を失い、肝腎肺を失っていった父がそのたびに苦しみ、私が希望となっていたのが、私にはわかっていた。私さえ生きていれば、自分の身体が病のために崩れてゆくのを宿命として受け入れることが父にはできて、逆に、身体の不自由さから解放されることを目的にできたのだと思う。

その父の闘いは私が生まれる前から、いや父自身が生まれたときから始まっていたのだろう。

父は自然な受胎で生まれたのではなく、父の時代ではそれがあたりまえだった。私もいってみればそうなのだが、私自身の肉体はこれまでまともに機能しているから、父の時代の人間の肉体が、内臓の各々で寿命が極端に異なるという病に犯されたのはそれだけが原因ではなかったのかもしれない。環境災害もヒト同士の生存競争もあって、混乱をきわめた。

父はだめになった内臓を、生体や死体のものと交換移植しつづけた。生体、というのがどういうものか、私にはわからない。私がもの心ついたとき、父の移植された内臓は人工のものがほとんどだった。最後まで残っていたのは、脳を別にすれば、胃腸と生殖器官だけだった。胃はないから、腸の一部が胃のかわり、というわけだ。

腸が死ぬにいたって、父はすべてを、脳すら、人工のものに換えざるを得なかった。それが、十年ほど前のことだ。父に別れを言うのと同じ気持ちで、「そんなことは不可能だ」と私は言ったが、父は、いま生きているように、可能にしてしまい、他に成功した人間がいるとは聞かない。

私が生まれる前の父は、肉体を失ってゆくことを恐れ、おびえていたろうが、私を得てからは、それからは不可能なことはない、という考えになり、未来を目ざしたのだろう。実際、父は、思春期のころの私が、性本能のままに自慰をするのを、なさけない肉体の欲求に操られている、と感じていたようだった。父の時代には性的快楽は脳に直接働く機械で得ていた。その機械のことを話してくれたのをよく覚えている。肉体で触れ合うなどというのは人間ではない動物がやることであって、人間は他の生き物とは違うのだ、というわけだ。快楽マシンのほうがずっといいし、人間的なのだ、と言った。父は肉体を失ってからもその機械による快楽を得ていたのかもしれない。私にはわからなかったが。いまもそうかもしれない、ふと私はそう気づき、父が無口になったのは、その回路が故障したせいか、などと思いつく。

「父さんは、いま、しあわせか？」

声をさらにひそめて、おそるおそるという感じになるのをこらえられずに、私は父に尋ねた。

「おまえはどうなんだ？」

こたえの代わりのその問いは、しあわせではないという意味のように受けとれた。

「まああ、だな」

父を傷つけないこたえ方としては、こんなふうに言うしかないと私は思った。

「立派な肉体があるというのにか」

笑って、しあわせだ、と言うべきだったかもしれない。父は私のしあわせを喜ぶだろう、わかっているのに。

「父さんは……後悔しているのか、肉体を失ったことを」

しばらく父は黙っていた。長い時間に感じられた。ナイフを握る手が痛くなった。

「後悔、はしていない……あのままだったら死んでいたろうからな。わたしは死んではいない」

「そうとも」

私はうなずいて手の力を抜いた。白く血の気のなくなった手を振る。しびれを感じて、そういう感覚があるのはしあわせだと思う。

「父さんは生きているよ」

「それは、わからない」

「どういうことだ」

私は手を振るのをやめ、父を見た。肉体のない父は手のしびれを感じない。それで、生きているかどうかわからない、というのか。

「生きている感覚がない、というのか」

生きている喜び、が？　肉体は痛むが、それが喜びになる、ということも父にならら理解できるかもしれない、いまの父にならら、と私は思ったが、そうじゃない、と父は言った。

「わたしは人間ではなく、生き物でもない、ということだ」

「それはそうかもしれないけど……父さんは父さんだ。姿が変わっても」

「おまえにとっては、そうだ。だがわたしは、いまのわたしは生きているとはいえない」

「だから、どうだというんだ。喋っている父さんは、いったいなんなんだ？」

「考える機械だ」

と父は言った。フム、と私は木箱の上に腰かけなおして、そうだな、と言った。

「おまえもそうなんだ」と父はつづけた。「だがおまえは人間という生き物でもある」

「そうだな」

「そうなんだ。単純なことだ。人間というのはなんなのかとずっと考えていた。だが孫に、『あれはなんだ』と言われるまで、気づかなかった」

「なにを？　機械になった事実を、か？」

「そんなことじゃない」

父に頭があれば左右に振っているだろう、そんな調子だった。

「人間というのは、考える胃腸動物なんだ、ということだ」

「胃腸動物？」

「動物というのは、動く胃腸、ということだ。手足や神経や高度な脳も、胃腸の付属物にすぎないということだ。人間の脳は本体の胃腸を満足させる以上に発達しすぎたんだ。内臓を失っていって、最後まで残ったのが腸だった」

「それと、生殖器だな。性欲も食欲も脳が制御するんだろう、あなたが教えてくれたはずだ」

「制御する脳は思考する脳とは別だ。人間でなくてもある。人間は思考する。動物の本質とは異質だ。思考する脳は生き物ではない。生きていなくても存在し得る、思考機械なんだ」

「脳が機械だというのは……」

と言いつつ、父のことを考えてみれば、いうとおりだと認めざるを得なかった。

「じゃあ、人間というのは、胃腸と機械の共生体というわけなのか？」

「そうだ。生き物として人間をみれば、胃腸こそ主体であるべきだ。脳こそ人間の本性の宿るところだとするのは間違いだ。脳は生き物じゃない。いや、生体でいる必要はない、ということだ。魂という形でもいい。だがそれが抜けた身体はもう人間じゃない。胃をなくしても脳をなくしても、人間じゃない。脳が死んだ人間は、思考しなくなった胃腸動物だし、胃腸が死んだ人間は、思考する機械なんだ」

なるほど、単純な考え方だ、と私は思った。たしかにいまの父は人間ではなかった。生きているのかと問われれば、わからない、と言うべきなのだろう、父がさきほど言ったように。

父がもし、思考する脳を失って首から下だけの存在になったとしても、そうだろう。それは生きているかもしれないが、人間とはいえないかもしれない。人間でないのならば、生きてはいない、というべきなのだろう。その場合でもしかし、だからその肉体は父ではないとは言えないだろう。少なくとも、私には言えない。いまの父は人間ではないから父ではない、とは思えないのと同じだ。

「……それで」と私は再び、やはり緊張のせいで高くなりそうな声をおさえて、訊いた、「いまは、どうなんだ。しあわせなのか」

「そんなことを訊いて、どうする」

その声が肉声なら、皮肉をこめているように感じられたかもしれない。あるいは悲痛な調子を帯びていることがわかったかもしれない。だが金属薄膜の発音体から出る父のその声からは感情というものが聞きとれなかった。あるいは肉体と同時に感情も失ったのかもしれないが、そうは思いたくなかった。

「もし、いまの父さんが不幸だというのなら」

私は立ち、服についた木屑をほとんど無意識にはらい、父に近づき、表面に触れた。

「できることならなんでもするよ。快楽素子とかは入っているのかい」

「快楽か。不可能に挑む考えを回転させるのがわたしの快楽だった。胃が悲鳴を上げているのも無視して、だ。思考機械になるのは望むところだった。だが……」と少し父は考えをまとめるようにくぎって、「やはりわたしは生きたいと思う」と言った。

「ロボットのような身体なら造ることができる」と私はうなずいた。「動き回ることもできる。孫を抱き上げることも、花の匂いをかぎ、蜂蜜を味わうことだって不可能じゃないと思う」

「それはどこまでいっても機械にすぎない。生きてはいない」

「じゃあ、生きている人間に父さんを入れろ、というのか。そんなことは――」

「不可能ではないだろう」

「まさか、そんなこと――」

「可能だろうが、わたしは望まないし、やってはならない。それはわたしの胃腸ではない、他人だ」

「父さんの、切りとった胃、棄てた腸や、内臓を捜してきて、もとにもどせ、というのか。保存してあるのか？　もしそうなら、できるのか？」

「できない。それらは死んでいる」

不可能だ、という言葉を初めて父から聞いた。

「生きていることと、死んではいない、というのは、どう違うんだ。胃腸があれば、いいのか、いまの父さんには？」

「人間としてならば、そうだ。この違いというのは、いくら考えてもわからないが、しかし、違う、というのは確かだ。わたしはもうもとにはもどれない。このまま思考機械でいるのも、もうたくさんだ」

父は私の名を呼び、おまえはどうだ、と訊いた。

「なにが、どうだって？」

「しあわせか」

「ああ、もちろん」

もちろん、私はおしあわせなあなたの息子だよ、という皮肉っぽい気持ちと、たぶんもう二度と再び父との会話はできなくなるだろうという予感の寂しさをこめて、私はうなずいた。

私には、父がまた形を変えようとしているのが、その筒の外殻の内側の変化が、感じとれた。

父はもう考えないだろうし、だから、不可能はない、などとは言わなくなるだろう。そうなる前に、私の姿を見、声を聞き、話したかったに違いない。

「よかった」と父はほとんど聞きとれない声で、言った。「それだけが気がかりだったのだ。もう思い残すことはない。わたしを割って、土に埋めてくれないか。できれば、モグラに荒らされないところがいい」

「……そうしよう。約束する」

私はそう言って、道具箱から斧を取り出した。それを振りかぶる前に、ほんとに私が予感しているとおりのことが可能なのかどうか、訊くべきだったかもしれない。

斧を銀色の円筒の胴にたたき込んでそれに大きな穴をあけ、そこからねっとりとした液体とともにこぼれ出てくる無数の銀杏に似た木の実を見たとき、私は父の口ぐせと、天に向かってそびえる巨木の幻覚におそわれた。

信じられなかったが、しかし私は、そんなことができるはずがない、とは言わなかった。父はそんなことを聞くのがいやで、おそらく人間の赤ん坊に自分を再生することもできたろうに、そうせず、もう一つの生を選んだに違いないと思いついたから、私は黙ったまままそれらを拾い集め、夜が明けるのを待って、息子といっしょに丘に父を埋めにいった。

神林。神林。神林。

作家
桜庭一樹

生まれてこのかた、ラブレターというものを書いたことがない。

もちろんファンレターもだ。べつに筆不精というわけではなく、なんてことのない手紙ならよく書いているので、おそらく照れ屋かなにかなのだと思う。小説を書くのならともかく、愛や感動を、本当の気持ちを、そうやすやすと手紙になぞ書くものか！……と、こういう人間は得てして、観念していざ、尊敬する作家の解説文などを書き始めると、感極まって夜中に書いたはずかしいポエムみたいになってしまうにちがいない。というか、もうなった。なりました。それは昨夜、自主ボツにして神林氏はおろかこの依頼をくれたSFM編集長にも見せないことにして削除して、こうして書き直し始めたものの、件のポエムの、ハードディスクからの消し方がわからない。はやめにパソコンごと海に沈めたい。と……かほどに……わたしは神林長平氏のファンである。昨今、ライトノベルにおいて

SF要素のある作品を発表している若手作家の多くがそうではないかと睨んでいるのだが、わたしもまた、中高生のころ神林作品を読んでどっぷりはまり、抜けられないまま大人になってしまったうちの一人だ。とはいえ彼の作品群はなかなか強敵で、あのころどうはまり、どう好きなのか、たいへん説明しにくい。難しいことは自分には書けないので、背伸びしすぎずに、あのころの思い出と一緒に、あれこれと書いてみようと思う。

神林長平氏は一九七九年、SF短篇「狐と踊れ」でハヤカワ・SFコンテストに入選し、デビューした。八一年に短篇集『狐と踊れ』を、八三年に処女長篇を発表。一九九〇年にアニメ化された『敵は海賊』シリーズもこの年に始まっている。二〇〇二年に同じくアニメ化された『戦闘妖精・雪風』が発表されたのは翌八四年のことである。ちなみにこの短篇集『小指の先の天使』に収録されている「抱いて熱く」は八一年にSFマガジンに発表されたもので、「父の樹」は九〇年、「小指の先の天使」は九二年、「猫の棲む処」が九三年、「なんと清浄な街」が二〇〇〇年で、「意識は蒸発する」は書き下ろしなので、おそらく二〇〇三年に書かれたものである。収録作品の執筆時期に二十年以上の開きがあるのは、言われなければわからない。時代によって古びないというのはこういうことか、と改めておどろいたのでここに書き記してみた。

神林氏は七〇年代後半から現在まで傑作を発表し続け、九四年の『言壺』で第十六回日本SF大賞を受賞するなど、SFの第一線を駆け抜けている作家なのだが、一読者であるところのわたしは、じつはそんなことはぜんぜん知らず、ただただ本屋でみつけては、夢中で読み続けていた。

さて、わたし自身の神林作品との出会いはというと、中学生のときだった。

そのころは鳥取県の山奥の、ほんとうになにもない町に住んでいた。自転車通学は、夜道で光る校章付き白ヘルメット着用が必須で、ヘルメットの顎紐をちゃんと止めずにぶらぶらさせて走るのが不良の証だった。ある日、勇気を出してぶらぶらさせてみたが田んぼの中のあちこち砕けたアスファルト道路にはそれを目撃する者は誰もおらず、牛糞と藁を混ぜて発酵させた有機肥料がぼとぼとと落ちて、すっぱい匂いをさせていた。夕方になるとその道を、中国山脈から降りてくる、いっぱいに土砂を積んだダンプカーの群れが轢いて、牛糞をぺったんこにしていった。遠くで鴉が鳴いていた。

本当に、なにもなかった。わたしは本ばかり読んでいた。

多くの中高生が当時そうだったように、自分もまた、人人と子供の中間地点にいて、なんだかわからないが自分や、周りの環境を持て余していた。世界にはびこる不正や割り切れないことの断片を浴びて、もうまっさらに無邪気な子供ではいられなかったし、かといってまだまだなにも達観できない年頃だった。憧れだけ大きかったけれど、自分みたいな人間は誰とも愛しあえない気がしていたし、なにも為せない気がしていたし、そのくせ遥か高みの、届かないものへの憧ればかりが純化して、そういう自分は怪物のようで、毎日、毎日、静かに、絶望するのに忙しかった。永遠に大人になる日はこない気がして、しかしあっというまに月日が過ぎ去る予感もあって、死にたいような、走りだしたいような、ロマンチックな気分でい続けた。……と、大人になったいまならこうやって説明できるが、当時はその気分をなにひとつ言語化できずにただ、暗い顔をしてぐるぐるしていた。

そして、そういった言語化できないまま自分の思春期を蝕んでいく〝それ〟に、神林作品の表紙たちを覆い尽くす、あの暗く、どこか湿った色彩がぴたりとはまった。

なにもない田舎町の、昼間でも薄暗い古びたアーケード街で。いつも入る崩れかけのバラックみたいな本屋で（立ち読みしていると、本当にハタキで頭をはたかれるのだ！　ありえない！）ある日、心に突き刺さるような秀逸なタイトルに惹かれて、棚からそうっと一冊、抜いた。『あなたの魂に安らぎあれ』だった。一冊買って読むと、止まらなかった。しかしお小遣いが足りないので、つぎの月になるまで待てず、ハタキではたかれながらつぎの本を必死で速読した。『七胴落とし』だった。本屋の老人につまみ出されて、屈辱に歯軋りした。なぜか図書館には一冊もなかった。神林。神林。神林。どこだ。お……おとうさんの車に散らばっている小銭をちょっと拝借して（ど、泥棒だ……）つぎのを買った。ノンシリーズなのに、なぜか、つぎの本が読みたくてたまらなかった。神林。神林。神林。当時の、地方都市で鬱屈する中学生だったわたしは、神林作品の主人公たちをまるで自分のことのように感じていた。すべてに不信感があり、同時に、きれいなもの、永遠性を求める気持ちに囚われてもいた。矛盾し、いらつき続けるその人。そこまではまるで自分自身のことのように感じられた。しかし神林作品の中では、その怒れる主人公の周りで世界は幾度も反転して形を変えていき、物語のはじめにあった世界は遥か彼方に過ぎ去り、もうどこにもなくなってしまう。主人公が変わるのではない。彼を取り巻く世界が、繰り返し、変わるのだ。

その本を読んでいる、現実の自分を取り巻く環境はしかし、驚くほどに変化がなかった。退屈な授業。常識的で優しくて、それゆえに別次元にいる（と当時は思えてならなかった）大人の代表のような両親。愚かな負け犬にしか見えない、権威主義的な教師。友達はかわいくておもしろいけど、みんなばかに見えた。自分だけ特別な人間だと思いこんでいて、でもそれを証明する手段はなに一つなかった。退屈な授業のあいだずっと、頬杖をついて窓の外の田んぼやその向こうの中国山脈を見ていた。数学教師と婚約中の女の音楽教師が、わたしの目線を追って、瞳を細め「素敵ね。田んぼに風が吹いて稲穂が一斉に揺れて、揺れたところだけ緑の色が濃くなるでしょう。わたし、あれを〝風の足あと〟って呼んでるのよ」と夢見るように言った瞬間、教室にいる全員を撃ち殺したくなった。わたしを取り巻く世界は神林作品のように反転せず熔解せず、どこにも、どうにも変化しなかった。一読者であるわたしは、現実世界に囚われていたのだ。だからこそ、溶けて変わる世界をさめた目でみつめ、雄々しく歩く主人公たちに強く憧れた。神林。神林。神林。

あのころのわたしは、読み終わった神林作品をどれか一冊、必ず学校指定の黒い革鞄に入れて持ち歩いていた。お守りのように。とにかく、持っていたかったのだ。胸にぎゅっと。


（話はそれるが、それから数年経って、わたしの世界は一度だけおおきく反転した。高校を卒業して、進学のために上京したときだ。あのとき確かに、現実世界は一度だけまるでSFのように周囲の風景を変えた。天まで届くような高層ビルに、SF映画の撮影に使われたという、白い空中楼閣のような首都高速。都会を闊歩する女の子たちはまるでアンドロイドのように痩せて手足が長く、垢抜けて、とても美しかった。SFで読んだ未来にきたような風景だった。訛りが抜け、何年かかかったが頬の赤みが自然に取れて、未来世界の住人になった後、わたしは作家になった。わたしが入ったその世界には、生きて、動く神林長平氏がいた。

この人は実在したんだ、と思った。あれらを書いたあの人が、生きて、動いている。確かに世界は一度だけ、SFのように反転したのだ）

神林作品には独特の、誤読を誘う、誘惑的な〝余白〟みたいなものがあるように思う。

読書するということそのものが、ある程度の誤読かもしれないのだが。自分の世界にぐっと引き寄せて、共感しながら読んだり、ときにはあえて突き放して読んだり。しかし神林作品はとくにその誤読度が高いような気がするのだ。読者はそれぞれの思い入れを、神林氏によって用意された〝余白〟に十分にあふれさせて、しんみりと、ときにはいらつきながら、どっぷりはまって読むことができる。そしてそれぞれの思いを上書きされた本たちが、それぞれの本棚に、そっとしまわれる。同じ小説なのに、しかし読まれたあとは一冊として同じ本はない、そんな気がする。わたしの読み方もまたそれで、ほかの読者にとっては思いもかけない誤読かもしれない。わたしの記憶にある神林作品とはきっと、あの暗い〝余白〟の空間において瞬間的に神林氏と繋がった、あの日の自分自身なのだ。

しかしそういうふうに、それぞれにどっぷりと読まれる小説はとても幸せであるように、わたしは思う。〝余白〟のない本は読み終わると忘れられてしまう。みんな、たくさん、たくさんの本を買っては読み、買っては読むからだ。しかし時を超えて存在しつづける、偉大な異形である神林作品群は、今日もまたどこかで、誰かに読まれ、あの空間で繋がり、変容し、誰かにとっての忘れられぬ一冊となっていくのだろう。

今回、この『小指の先の天使』を読み返してみてわたしは、あぁ、自分はやはり神林長平先生の作品が大好きだなぁ、この作家がこの世に存在してくれて本当によかった、と思った。「それでこそ、世界は真に開かれている。」のところでやはり、涙した。

神林作品はやはり、わたしたちのスーパーファーザーであるとともに、おどろくほど色褪せぬ、永遠の、苛立つ思春期のかたまりである。きれいで、冷たく、あつい。本を手に取ると、神林氏を神林氏たらしめているなにかが、あの日と変わらずいまも、ぽたぽたといきおいよく滴り落ちてくるのだ。神林。神林。

……やっぱり、夜中に書いたはずかしいポエムみたいになってしまった。何度書き直してもこうなるので、もぅー、これでいい。

本書は、二〇〇三年二月に早川書房より単行本として刊行された作品を文庫化したものです。

神林長平作品

あなたの魂に安らぎあれ

火星を支配するアンドロイド社会で囁かれる終末予言とは!? 記念すべきデビュー長篇。

帝王の殻

携帯型人工脳の集中管理により火星の帝王が誕生する――『あなたの魂〜』に続く第二作

膚(はだえ)の下 上下

無垢なる創造主の魂の遍歴。『あなたの魂に安らぎあれ』『帝王の殻』に続く三部作完結

戦闘妖精・雪風〈改〉

未知の異星体に対峙する電子偵察機〈雪風〉と、深井零の孤独な戦い――シリーズ第一作

グッドラック 戦闘妖精・雪風

生還を果たした深井零と新型機〈雪風〉は、さらに苛酷な戦闘領域へ――シリーズ第二作

神林長平作品

狐と踊れ

未来社会の奇妙な人間模様を描いたSFコンテスト入選作ほか六篇を収録する第一作品集

言葉使い師

言語活動が禁止された無言世界を描く表題作ほか、神林SFの原点ともいえる六篇を収録

七胴落とし

大人になることはテレパシーの喪失を意味した——子供たちの焦燥と不安を描く青春SF

プリズム

社会のすべてを管理する浮遊都市制御体に認識されない少年が一人だけいた。連作短篇集

完璧な涙

感情のない少年と非情なる殺戮機械との時空を超えた戦い。その果てに待ち受けるのは？

ハヤカワ文庫

神林長平作品

太陽の汗

熱帯ペルーのジャングルの中で、現実と非現実のはざまに落ちこむ男が見たものは……。

今宵、銀河を杯にして

飲み助コンビが展開する抱腹絶倒の戦闘回避作戦を描く、ユニークきわまりない戦争SF

機械たちの時間

本当のおれは未来の火星で無機生命体と戦う兵士のはずだったが……異色ハードボイルド

我語りて世界あり

すべてが無個性化された世界で、正体不明の「わたし」は三人の少年少女に接触する――

過負荷都市（カフカ）

過負荷状態に陥った都市中枢体が少年に与えた指令は、現実を〝創壊〟することだった⁉

ハヤカワ文庫

神林長平作品

猶予の月 上下

姉弟は、事象制御装置で自分たちの恋を正当化できる世界のシミュレーションを開始した

Uの世界

「真身を取りもどせ」――そう祖父から告げられた優子は、夢と現実の連鎖のなかへ……

死して咲く花、実のある夢

本隊とはぐれた三人の情報軍兵士が猫を求めて彷徨うのは、生者の世界か死者の世界か？

魂の駆動体

老人が余生を賭けたクルマの設計図が遠未来の人類遺跡から発掘された――著者の新境地

鏡像の敵

SF的アイデアと深い思索が完璧に融合しあった、シャープで高水準な初期傑作短篇集。

神林長平作品

宇宙探査機　迷惑一番

地球連邦宇宙軍・雷獣小隊が遭遇した謎の物体は、次元を超えた大騒動の始まりだった。

蒼いくちづけ

卑劣な計略で命を絶たれたテレパスの少女。その残存思念が、月面都市にもたらした災厄

ルナティカン

アンドロイドに育てられた少年の出生には、月面都市の構造に関わる秘密があった――。

親切がいっぱい

ボランティア斡旋業の良子、突然降ってきた宇宙人〝マロくん〟たちの不思議な〝日常〟

天国にそっくりな星

惑星ヴァルボスに移住した私立探偵のおれは宗教団体がらみの事件で世界の真実を知る!?

ハヤカワ文庫

神林長平作品

敵は海賊・海賊版

海賊課刑事ラテルとアプロが伝説の宇宙海賊匋冥に挑む！　傑作スペースオペラ第一作。

敵は海賊・猫たちの饗宴

海賊課をクビになったラテルらは、再就職先で仮想現実を現実化する装置に巻き込まれる

敵は海賊・海賊たちの憂鬱

ある政治家の護衛を担当したラテルらであったが、その背後には人知を超えた存在が……

敵は海賊・不敵な休暇

チーフ代理にされたラテルらをしりめに、人間の意識をあやつる特殊捜査官が匋冥に迫る

敵は海賊・海賊課の一日

アプロの六六六回目の誕生日に、不可思議な出来事が次々と……彼は時間を操作できる!?

日本ＳＦ大賞受賞作

上弦の月を喰べる獅子上下
夢枕　獏
ベストセラー作家が仏教の宇宙観をもとに進化と宇宙の謎を解き明かした空前絶後の物語。

戦争を演じた神々たち［全］
大原まり子
日本ＳＦ大賞受賞作とその続篇を再編成して贈る、今世紀、最も美しい創造と破壊の神話

傀儡后（くぐつこう）
牧野　修
ドラッグや奇病がもたらす意識と世界の変容を醜悪かつ美麗に描いたゴシックＳＦ大作。

マルドゥック・スクランブル（全３巻）
冲方　丁
自らの存在証明を賭けて、少女バロットとネズミ型万能兵器ウフコックの闘いが始まる！

象られた力（かたどられたちから）
飛　浩隆
Ｔ・チャンの論理とＧ・イーガンの衝撃――表題作ほか完全改稿の初期作を収めた傑作集

星雲賞受賞作

ハイブリッド・チャイルド
大原まり子
軍を脱走し変形をくりかえしながら逃亡する宇宙戦闘用生体機械を描く幻想的ハードSF

永遠の森 博物館惑星
菅 浩江
地球衛星軌道上に浮ぶ博物館。学芸員たちが鑑定するのは、美術品に残された人々の想い

太陽の簒奪者
野尻抱介
太陽をとりまくリングは人類滅亡の予兆か？ 星雲賞を受賞した新世紀ハードSFの金字塔

銀河帝国の弘法も筆の誤り
田中啓文
人類数千年の営為が水泡に帰すおぞましくも愉快な遠未来の日常と神話。異色作五篇収録

老ヴォールの惑星
小川一水
SFマガジン読者賞受賞の表題作、星雲賞受賞の「漂った男」など、全四篇収録の作品集

ハヤカワ文庫

著者略歴　1953年生，長岡工業高等専門学校卒，作家　著書『戦闘妖精・雪風〈改〉』『魂の駆動体』『敵は海賊・A級の敵』（以上早川書房刊）他多数

HM=Hayakawa Mystery
SF=Science Fiction
JA=Japanese Author
NV=Novel
NF=Nonfiction
FT=Fantasy

小指の先の天使

〈JA841〉

二〇〇六年三月　十五　日　発行
二〇〇九年十月二十五日　二刷

（定価はカバーに表示してあります）

著者　神林長平
発行者　早川浩
印刷者　伊東治彦
発行所　株式会社　早川書房

郵便番号　一〇一 - 〇〇四六
東京都千代田区神田多町二ノ二
電話　〇三 - 三二五二 - 三一一一（大代表）
振替　〇〇一六〇 - 三 - 四七七九九
http://www.hayakawa-online.co.jp

乱丁・落丁本は小社制作部宛お送り下さい。
送料小社負担にてお取りかえいたします。

印刷・信毎書籍印刷株式会社　製本・株式会社フォーネット社

ISBN978-4-15-030841-4 C0193

＊本書は活字が大きく読みやすい〈トールサイズ〉です